Les Aventures de Télémaque

Tome I

Fénelon

Les Aventures de Télémaque

Tome I

Avertissement des Éditions Ligaran

L'ouvrage que vous détenez est la réédition d'un ouvrage ancien. Malgré tout le soin que nous avons apporté à sa réalisation, il se peut que vous y trouviez quelques défauts et anomalies : certaines coquilles peuvent subsister ; le texte a pu bénéficier d'un effort de modernisation du français afin d'en améliorer son intelligibilité ; les gravures et les images étant celles d'origine, la qualité de ces dernières n'est pas toujours optimale.
Parmi les livres publiés aux Éditions Ligaran, certains contenus peuvent heurter le public par le vocabulaire utilisé ou les idées exposées ; ceci doit se comprendre et s'inscrire dans le contexte de l'époque.

Les Éditions Ligaran déclinent toute responsabilité relative à d'éventuelles omissions, inexactitudes ou erreurs qui pourraient exister dans les contenus.

EAN : 9782335019926

71100 Chalon-sur-Saône

Les Aventures de Télémaque

Livre premier

SOMMAIRE

Télémaque, conduit par Minerve, sous la figure de Mentor, aborde, après un naufrage, dans l'île de Calypso. – La déesse, inconsolable du départ d'Ulysse, fait au fils du héros l'accueil le plus favorable, conçoit une vive passion pour lui et lui offre l'immortalité, s'il veut demeurer avec elle. – Elle lui demande le récit de ses aventures. – Télémaque raconte son voyage à Pylos et à Lacédémone, son naufrage sur la côte de Sicile, le danger qu'il y courut d'être immolé aux mânes d'Anchise, le secours que Mentor et lui donnèrent à Aceste dans une incursion de Barbares, et le soin que ce prince eut de reconnaître ce service, en leur procurant un vaisseau tyrien pour retourner dans leur pays.

Calypso ne pouvait se consoler du départ d'Ulysse. Dans sa douleur, elle se trouvait malheureuse d'être immortelle *. Sa grotte ne résonnait plus de son chant : les nymphes qui la servaient n'osaient lui parler. Elle se promenait souvent seule sur les gazons fleuris dont un printemps éternel bordait son île : mais ces beaux lieux, loin de modérer sa douleur, ne faisaient que lui rappeler le triste souvenir d'Ulysse, qu'elle y avait vu tant de fois auprès d'elle. Souvent elle demeurait immobile sur le rivage de la mer, qu'elle arrosait de ses larmes ; et elle était sans cesse tournée vers le côté où le vaisseau d'Ulysse, fendant les ondes, avait disparu à ses yeux. Tout à coup elle aperçut les débris d'un navire qui venait de faire naufrage, des bancs de rameurs mis en pièces, des rames écartées çà et là sur le sable, un gouvernail, un mât, des cordages flottants sur la côte, puis elle découvre de loin deux hommes, dont l'un paraissait âgé ; l'autre, quoique jeune, ressemblait à Ulysse. Il avait sa douceur et sa fierté, avec sa taille et sa démarche majestueuse. La déesse comprit que c'était Télémaque, fils de ce héros. Mais, quoique les dieux surpassent de loin en connaissance tous les hommes, elle ne put découvrir qui était cet homme vénérable dont Télémaque était accompagné : c'est que les dieux supérieurs cachent aux inférieurs tout ce qu'il leur plaît ; et Minerve, qui accompagnait Télémaque sous la figure de Mentor, ne voulait pas être connue de Calypso. Cependant Calypso se réjouissait d'un naufrage qui mettait dans son île le fils d'Ulysse, si semblable à son père. Elle s'avance vers lui ; et sans faire semblant de savoir qui il est : D'où vous vient, lui dit-elle, cette témérité d'aborder en mon île ? Sachez, jeune étranger, qu'on ne vient point impunément dans mon empire. Elle tâchait de couvrir sous ces paroles menaçantes la joie de son cœur, qui éclatait malgré elle sur son visage.

Télémaque lui répondit : Ô vous, qui que vous soyez, mortelle ou déesse (quoique à vous voir on ne puisse vous prendre que pour une divinité *), seriez-vous insensible au malheur d'un fils, qui, cherchant son père à la merci des vents et des flots, a vu briser son navire contre vos rochers ? Quel est donc votre père que vous cherchez ? reprit la déesse. Il se nomme Ulysse, dit Télémaque ; c'est un des rois qui ont, après un siège de dix ans, renversé la fameuse Troie. Son nom fut célèbre dans toute la Grèce et dans toute l'Asie, par sa valeur dans les combats, et plus encore par sa sagesse dans les conseils. Maintenant, errant dans toute l'étendue des mers, il a parcouru tous les écueils les plus terribles. Sa patrie semble fuir devant lui. Pénélope sa femme, et moi qui suis son fils ; nous avons perdu l'espérance de le revoir. Je cours, avec les mêmes dangers que lui, pour apprendre où il est. Mais que dis-je ? peut-être qu'il est maintenant enseveli dans les profonds abîmes de la mer. Ayez pitié de nos malheurs ; et si vous savez, ô déesse, ce que les destinées ont fait pour sauver ou pour perdre Ulysse, daignez en instruire son fils Télémaque.

Calypso, étonnée et attendrie de voir dans une si vive jeunesse tant de sagesse et d'éloquence, ne pouvait rassasier ses yeux en le regardant ; et elle demeurait en silence. Enfin elle lui dit : Télémaque, nous vous apprendrons ce qui est arrivé à votre père. Mais l'histoire en est longue : il est temps de vous délasser de tous vos travaux. Venez dans ma demeure, où je vous recevrai comme mon fils : venez ; vous serez ma consolation dans cette solitude, et je ferai votre bonheur, pourvu que vous sachiez en jouir.

Télémaque suivait la déesse accompagnée d'une foule de jeunes nymphes, au-dessus desquelles elle s'élevait de toute la tête *, comme un grand chêne, dans une forêt, élève ses branches épaisses au-dessus de tous les arbres qui l'environnent. Il admirait l'éclat de sa beauté, la riche pourpre de sa robe longue et flottante, ses cheveux noués par derrière négligemment, mais avec grâce, le feu qui sortait de ses yeux, et la douceur qui tempérait cette vivacité. Mentor, les yeux baissés, gardant un silence modeste, suivait Télémaque.

On arriva à la porte de la grotte de Calypso, où Télémaque fut surpris de voir, avec une apparence de simplicité rustique, des objets propres à charmer les yeux. Il est vrai qu'on n'y voyait ni or, ni argent, ni marbre, ni colonnes, ni tableaux, ni statues : mais cette grotte était taillée dans le roc, en voûte pleine de rocailles et de coquilles ; elle était tapissée d'une jeune vigne qui étendait ses branches souples également de tous côtés *. Les doux zéphyrs conservaient en ce lieu, malgré les ardeurs du soleil, une délicieuse fraîcheur : des fontaines, coulant avec un doux murmure sur des prés semés d'amarantes et de violettes, formaient en divers lieux des bains aussi purs et aussi clairs que le cristal : mille fleurs naissantes émaillaient les tapis verts dont la grotte était environnée *. Là on trouvait un bois de ces arbres touffus qui portent des pommes d'or, et dont la fleur, qui se renouvelle dans toutes les saisons, répand le plus doux de tous les parfums ; ce bois semblait couronner ces belles prairies, et formait une nuit que les rayons du soleil ne pouvaient percer. Là on n'entendait jamais que le chant des oiseaux ou le bruit d'un ruisseau, qui, se précipitant du haut d'un rocher, tomba à gros bouillons pleins d'écume, et s'enfuyait au travers de la prairie *.

La grotte de la déesse était sur le penchant d'une colline. De là on découvrait la mer, quelquefois claire et unie comme une glace, quelquefois follement * irritée contre les rochers, où elle se brisait en gémissant, et élevant ses vagues comme des montagnes. D'un autre côté, on voyait une rivière où se formaient des îles bordées de tilleuls fleuris et de hauts peupliers qui portaient leurs têtes superbes jusque dans les nues. Les divers canaux qui formaient ces îles semblaient se jouer dans la campagne : les uns roulaient leurs eaux claires avec rapidité ; d'autres avaient une eau paisible et dormante ; d'autres, par de longs détours, revenaient sur leurs pas, comme pour remonter vers leur source, et semblaient ne pouvoir quitter ces bords enchantés *. On apercevait de loin des collines et des montagnes qui se perdaient dans les nues, et dont la figure bizarre formait un horizon à souhait pour le plaisir des yeux. Les montagnes voisines étaient couvertes de pampre vert qui pendait en festons : le raisin, plus éclatant que la pourpre, ne pouvait se cacher sous les feuilles, et la vigne était accablée sous son fruit. Le figuier, l'olivier, le grenadier, et tous les autres arbres couvraient la campagne, et en faisaient un grand jardin.

Calypso, ayant montré à Télémaque toutes ces beautés naturelles, lui dit : Reposez-vous ; vos habits sont mouillés, il est temps que vous en changiez : ensuite nous nous reverrons ; et je vous raconterai des histoires dont votre cœur sera touché. En même temps elle le fit entrer avec Mentor dans le lieu le plus secret et le plus reculé d'une grotte voisine de celle où la déesse demeurait. Les nymphes avaient eu soin d'allumer en ce lieu un grand feu de bois de cèdre, dont la bonne odeur se répandait de tous côtés ; et elles y avaient laissé des habits pour les nouveaux hôtes.

Télémaque, voyant qu'on lui avait désigné une tunique d'une laine fine dont la blancheur effaçait celle de la neige, et une robe de pourpre avec une broderie d'or, prit le plaisir qui est naturel à un jeune homme, en considérant cette magnificence.

Mentor lui dit d'un ton grave : Est-ce donc là, ô Télémaque, les pensées qui doivent occuper le cœur du fils d'Ulysse ? Songez plutôt à soutenir la réputation de votre père, et à vaincre la fortune qui vous persécute. Un jeune homme qui aime à se parer vainement, comme une femme, est indigne de la sagesse et de la gloire : la gloire n'est due qu'à un cœur qui sait souffrir la peine et fouler aux pieds les plaisirs.

Télémaque répondit en soupirant : Que les dieux me fassent périr plutôt que de souffrir que la mollesse et la volupté s'emparent de mon cœur ! Non, non, le fils d'Ulysse ne sera jamais vaincu par les charmes d'une vie lâche et efféminée. Mais quelle faveur du ciel nous a fait trouver, après notre naufrage, cette déesse ou cette mortelle qui nous comble de biens ?

Craignez, repartit Mentor, qu'elle ne vous accable de maux ; craignez ses trompeuses douceurs plus que les écueils qui ont brisé votre navire : le naufrage et la mort sont moins funestes que les plaisirs qui attaquent la vertu. Gardez-vous bien de croire ce qu'elle vous racontera. La jeunesse est présomptueuse, elle se promet tout d'elle-même : quoique fragile, elle croit pouvoir tout, et n'avoir jamais rien à craindre ; elle se confie légèrement et sans précaution. Gardez-vous d'écouter les paroles douces et flatteuses de Calypso, qui se glisseront comme un serpent sous les fleurs ; craignez le poison caché ; défiez-vous de vous-même, et attendez toujours mes conseils.

Ensuite ils retournèrent auprès de Calypso, qui les attendait. Les nymphes, avec leurs cheveux tressés et des habits blancs, servirent d'abord un repas simple, mais exquis pour le goût et pour la propreté. On n'y voyait aucune autre viande que celle des oiseaux qu'elles avaient pris dans des filets, ou des bêtes qu'elles avaient percées de leurs flèches à la chasse : un vin plus doux que le nectar coulait des grands vases d'argent dans des tasses d'or couronnées de fleurs. On apporta dans des corbeilles tous les fruits que le printemps promet et que l'automne répand sur la terre. En même temps, quatre jeunes nymphes se mirent à chanter. D'abord elles chantèrent le combat des dieux contre les géants, puis les amours de Jupiter et de Sémélé, la naissance de Bacchus et son éducation conduite par le vieux Silène, la course d'Atalante et d'Hippomène, qui fut vainqueur par le moyen des pommes d'or venues du jardin des Hespérides ; enfin la guerre de Troie fut aussi chantée ; les combats d'Ulysse et sa sagesse furent élevés jusqu'aux cieux. La première des nymphes, qui s'appelait Leucothoé, joignit les accords de sa lyre aux douces voix de toutes les autres. Quand Télémaque entendit le nom de son père, les larmes qui coulèrent de ses joues donnèrent un nouveau lustre à sa beauté. Mais comme Calypso aperçut qu'il ne pouvait manger, et qu'il était saisi de douleur, elle fit signe aux nymphes. À l'instant on chanta le combat des Centaures avec les Lapithes, et la descente d'Orphée aux enfers pour en retirer Eurydice.

Quand le repas fut fini, la déesse prit Télémaque, et lui parla ainsi : Vous voyez, fils du grand Ulysse, avec quelle faveur je vous reçois. Je suis immortelle : nul mortel ne peut entrer dans cette île sans être puni de sa témérité ; et votre naufrage même ne vous garantirait pas de mon indignation, si d'ailleurs je ne vous aimais » Votre père a eu le même bonheur que vous ; mais, hélas ! il n'a pas su en profiter. Je l'ai gardé longtemps dans cette île : il n'a tenu qu'à lui d'y vivre avec moi dans un état immortel ; mais l'aveugle passion de retourner dans sa misérable patrie lui fit rejeter tous ces avantages. Vous voyez tout ce qu'il a perdu pour Ithaque, qu'il n'a pu revoir. Il voulut me quitter : il partit ; et je fus vengée par la tempête : son vaisseau, après avoir été le jouet des vents, fut enseveli dans les ondes. Profitez d'un si triste exemple. Après son naufrage, vous n'avez plus rien à espérer, ni pour le revoir, ni pour régner jamais dans l'île d'Ithaque après lui : consolez-vous de l'avoir perdu, puisque vous trouvez ici une divinité prête à vous rendre heureux, et un royaume qu'elle vous offre.

La déesse ajouta à ces paroles de longs discours pour montrer combien Ulysse avait été heureux auprès d'elle : elle raconta ses aventures dans la caverne du cyclope Polyphème, et chez Antiphates, roi des Lestrygons ; elle n'oublia pas ce qui lui était arrivé dans l'île de Circé, fille du Soleil, ni les dangers qu'il avait courus entre Scylle et Charybde. Elle représenta la dernière tempête que Neptune avait excitée contre lui quand il partit d'auprès d'elle. Elle voulut faire entendre qu'il était péri dans ce naufrage, et elle supprima son arrivée dans l'île des Phéaciens.

Télémaque, qui s'était d'abord abandonné trop promptement à la joie d'être si bien traité de Calypso, reconnut enfin son artifice et la sagesse des conseils que Mentor venait de lui donner. Il répondit en peu de mots : Ô déesse, pardonnez à ma douleur : maintenant je ne puis que m'affliger : peut-être que dans la suite j'aurai plus de force pour goûter la fortune que vous m'offrez ; laissez-moi en ce moment pleurer mon père ; vous savez mieux que moi combien il mérite d'être pleuré.

Calypso n'osa d'abord le presser davantage : elle feignit même d'entrer dans sa douleur et de s'attendrir pour Ulysse. Mais, pour mieux connaître les moyens de toucher le cœur du jeune homme, elle lui demanda comment il avait fait naufrage, et par quelles aventures il était sur ces côtes. Le récit de mes malheurs, dit-il, serait trop long. Non, non, répondit-elle ; il me tarde de les savoir, hâtez-vous de me les raconter. Elle le pressa longtemps. Enfin il ne put lui résister, et il parla ainsi :

J'étais parti d'Ithaque pour aller demander aux autres rois revenus du siège de Troie des nouvelles de mon père. Les amants de ma mère Pénélope furent surpris de mon départ : j'avais pris soin de le leur cacher, connaissant leur perfidie. Nestor, que je vis à Pylos, ni Ménélas, qui me reçut avec amitié dans Lacédémone, ne purent m'apprendre si mon père était encore en vie. Lassé de vivre toujours en suspens et dans l'incertitude, je me résolus d'aller dans la Sicile, où j'avais ouï dire que mon père avait été jeté par les vents. Mais le sage Mentor, que vous voyez ici présent, s'opposait à ce téméraire dessein : il me représentait, d'un côté, les Cyclopes, géants monstrueux qui dévorent les hommes ; de l'autre, la flotte d'Énée et des Troyens, qui étaient sur ces côtes. Ces Troyens, disait-t-il, sont animés contre tous les Grecs ; mais surtout ils répandraient avec plaisir le sang du fils d'Ulysse. Retournez, continuait-il, en Ithaque : peut-être que votre père, aimé des dieux, y sera aussitôt que vous. Mais si les dieux ont résolu sa perte, s'il ne doit jamais revoir sa patrie, du moins il faut que vous alliez le venger, délivrer votre mère, montrer votre sagesse à tous les peuples, et faire voir en vous à toute la Grèce un roi aussi digne de régner que le fut jamais Ulysse lui-même.

Ces paroles étaient salutaires, mais je n'étais pas assez prudent pour les écouter ; je n'écoutais que ma passion. Le sage Mentor m'aima jusqu'à me suivre dans un voyage téméraire que j'entreprenais contre ses conseils, et les dieux permirent que je fisse une faute qui devait servir à me corriger de ma présomption.

Pendant qu'il parlait, Calypso regardait Mentor. Elle était étonnée ; elle croyait sentir en lui quelque chose de divin ; mais elle ne pouvait démêler ses pensées confuses ; ainsi, elle demeurait pleine de crainte et de défiance à la vue de cet inconnu. Alors elle appréhenda de laisser voir son trouble. Continuez, dit-elle à Télémaque, et satisfaites ma curiosité. Télémaque reprit ainsi :

Nous eûmes assez longtemps un vent favorable pour aller en Sicile : mais ensuite une noire tempête * déroba le ciel à nos yeux, et nous fûmes enveloppés dans une profonde nuit. À la lueur des éclairs, nous aperçûmes d'autres vaisseaux exposés au même péril, et nous reconnûmes bientôt que c'étaient les vaisseaux d'Énée ; ils n'étaient pas moins à craindre pour nous que les rochers. Alors, je compris, mais trop tard, ce que l'ardeur d'une jeunesse imprudente m'avait empêché de considérer attentivement. Mentor parut dans ce danger, non seulement ferme et intrépide, mais encore plus gai qu'à l'ordinaire ; c'était lui qui m'encourageait ; je sentais qu'il m'inspirait une force invincible. Il donnait tranquillement tous les ordres, pendant que le pilote était troublé. Je lui disais : Mon cher Mentor, pourquoi ai-je refusé de suivre vos conseils ! Ne suis-je pas malheureux d'avoir voulu me croire moi-même, dans un âge où l'on n'a ni prévoyance de l'avenir, ni expérience du passé, ni modération pour ménager le présent ! Oh ! si jamais nous échappons de cette tempête, je me défierai de moi-même comme de mon plus dangereux ennemi : c'est vous Mentor, que je croirai toujours. .

Mentor, en souriant, me répondait : Je n'ai gardé de vous reprocher la faute que vous avez faite ; il suffit que vous la sentiez et qu'elle vous serve à être une autre fois plus modéré dans vos désirs. Mais quand le péril sera passé, la présomption reviendra peut-être. Maintenant il faut se soutenir par le courage. Avant que de se jeter dans le péril, il faut le prévoir et le craindre ; mais, quand on y est, il ne reste plus qu'à le mépriser. Soyez donc le digne fils d'Ulysse ; montrez un cœur plus grand que tous les maux qui vous menacent.

La douceur et le courage du sage Mentor me charmèrent, mais je fus encore bien plus surpris quand je vis avec quelle adresse il nous délivra des Troyens. Dans le moment où le ciel commençait à s'éclaircir et où les Troyens, nous voyant de près, n'auraient pas manqué de nous reconnaître, il remarqua un de leurs vaisseaux qui était presque semblable au nôtre et que la tempête avait écarté. La poupe en était couronnée de certaines fleurs ; il se hâta de mettre sur notre poupe des couronnes de fleurs semblables ; il les attacha lui-même avec des bandelettes de la même couleur que celles des Troyens ; il ordonna à tous nos rameurs de se baisser le plus qu'ils pourraient le long de leurs bancs, pour n'être point reconnus des ennemis. En cet état, nous passâmes au milieu de leur flotte ; ils poussèrent des cris de joie en nous voyant, comme en revoyant des compagnons qu'ils avaient crus perdus. Nous fûmes même contraints, par la violence de la mer, d'aller assez longtemps avec eux ; enfin, nous demeurâmes un peu derrière, et, pendant que les vents impétueux les poussaient vers l'Afrique, nous fîmes les derniers efforts pour aborder, à force de rames, sur la côte voisine de Sicile.

Nous y arrivâmes en effet. Mais ce que nous cherchions n'était guère moins funeste que la flotte qui nous faisait fuir. Nous trouvâmes sur cette côte de Sicile d'autres Troyens ennemis des Grecs. C'était là que régnait le vieux Aceste, sorti de Troie. À peine fûmes-nous arrivés sur ce rivage, que les habitants crurent que nous étions ou d'autres peuples de l'île, armés pour les surprendre, ou des étrangers qui venaient s'emparer de leurs terres. Ils brûlent notre vaisseau ; dans le premier emportement, ils égorgent tous nos compagnons, ils ne réservent que Mentor et moi pour nous présenter à Aceste, afin qu'il pût savoir de nous quels étaient nos desseins et d'où nous venions. Nous entrons dans la ville, les mains liées derrière le dos ; et notre mort n'était retardée que pour nous faire servir de spectacle à un peuple cruel, quand on saurait que nous étions Grecs.

On nous présenta d'abord à Aceste, qui, tenant son sceptre d'or en main, jugeait les peuples et se préparait à un grand sacrifice. Il nous demanda, d'un ton sévère, quel était notre pays et le sujet de notre voyage. Mentor se hâta de répondre, et lui dit : Nous venons de côtes de la grande Hespérie, et notre patrie n'est pas loin de là : ainsi il évita de dire que nous étions Grecs. Mais Aceste, sans l'écouter davantage, et nous prenant pour des étrangers qui cachaient leur dessein, ordonna qu'on nous envoyât dans une forêt voisine, où nous servirions en esclaves sous ceux qui gouvernaient ses troupeaux.

Cette condition me parut plus dure que la mort. Je m'écriai : Ô roi, faites-nous mourir plutôt que de nous traiter si indignement ; sachez que je suis Télémaque, fils du sage Ulysse, roi des Ithaciens. Je cherche mon père dans toutes les mers ; si je ne puis le trouver, ni retourner dans ma patrie, ni éviter la servitude, ôtez-moi la vie, que je ne saurais supporter.

À peine eus-je prononcé ces mots, que tout le peuple ému s'écria qu'il fallait faire périr le fils de ce cruel Ulysse, dont les artifices avaient renversé la ville de Troie. Ô fils d'Ulysse, me dit Aceste, je ne puis refuser votre sang aux mânes de tant de Troyens que votre père a précipités sur les rivages du noir Cocyte : vous, et celui qui vous mène, vous périrez. En même temps, un vieillard de la troupe proposa au roi de nous immoler sur le tombeau d'Anchise. Leur sang, disait-il, sera agréable à l'ombre de ce héros ; Énée même, quand il saura un tel sacrifice, sera touché de voir combien vous aimez ce qu'il avait de plus cher au monde.

Tout le peuple applaudit à cette proposition, et ne songea plus qu'à nous immoler. Déjà on nous menait sur le tombeau d'Anchise ; on y avait dressé deux autels, où le feu sacré était allumé ; le glaive qui devait nous percer était devant nos yeux ; on nous avait couronnés de fleurs, et nulle compassion ne pouvait garantir notre vie ; c'était fait de nous, quand Mentor demanda tranquillement à parler au roi. Il lui dit :

Ô Aceste, si le malheur du jeune Télémaque, qui n'a jamais porté les armes contre les Troyens, ne peut vous toucher, du moins que votre propre intérêt vous touche. La science que j'ai acquise des présages et de la volonté des dieux me fait connaître qu'avant que trois jours soient écoulés vous serez attaqué par des peuples barbares, qui viennent comme un torrent du haut des montagnes, pour inonder votre ville et pour ravager tout votre pays. Hâtez-vous de les prévenir ; mettez vos peuples sous les armes, et ne perdez pas un moment pour retirer au-dedans de vos murailles les riches troupeaux que vous avez dans la campagne. Si ma prédiction est fausse, vous serez libre de nous immoler dans trois jours ; si, au contraire, elle est véritable, souvenez-vous qu'on ne doit pas ôter la vie à ceux de qui on la tient.

Aceste fut étonné de ces paroles, que Mentor lui disait avec une assurance qu'il n'avait jamais trouvée en aucun homme. Je vois bien, répondit-il, ô étranger, que les dieux, qui vous ont si mal partagé pour tous les dons de la fortune, vous ont accordé une sagesse qui est plus estimable que toutes les prospérités. En même temps, il retarda le sacrifice, et donna avec diligence les ordres nécessaires pour prévenir l'attaque dont Mentor l'avait menacé. On ne voyait de tous côtés que des femmes tremblantes, des vieillards courbés, de petits enfants, les larmes aux yeux, qui se retiraient dans la ville. Les bœufs mugissants et les brebis bêlantes venaient en foule, quittant les gras pâturages, et ne pouvant trouver assez d'étables pour être mis à couvert. C'était, de toutes parts, des cris confus de gens qui se poussaient les uns les autres, qui ne pouvaient s'entendre, qui prenaient dans ce trouble un inconnu pour leur ami, et qui couraient sans savoir où tendaient leurs pas. Mais les principaux de la ville, se croyant plus sages que les autres, s'imaginaient que Mentor était un imposteur qui avait fait une fausse prédiction pour sauver sa vie.

Avant la fin du troisième jour, pendant qu'ils étaient pleins de ces pensées, on vit sur le penchant des montagnes voisines un tourbillon de poussière ; puis on aperçut une troupe innombrable de Barbares armés : c'étaient les Himériens, peuples féroces, avec les nations qui habitent sur les monts Nébrodes, et sur le sommet d'Acratas, où règne un hiver que les zéphyrs n'ont jamais adouci. Ceux qui avaient méprisé la prédiction de Mentor perdirent leurs esclaves et leurs troupeaux. Le roi dit à Mentor : J'oublie que vous êtes des Grecs ; nos ennemis deviennent nos amis fidèles. Les dieux vous ont envoyés pour nous sauver, je n'attends pas moins de votre valeur que de la sagesse de vos conseils ; hâtez-vous de nous secourir.

Mentor montre dans ses yeux une audace qui étonne les plus fiers combattants. Il prend un bouclier, un casque, une épée, une lance ; il range les soldats d'Aceste ; il marche à leur tête, et s'avance en bon ordre vers les ennemis. Aceste, quoique plein de courage, ne peut dans sa vieillesse le suivre que de loin. Je le suis de plus près, mais je ne puis égaler sa valeur. Sa cuirasse ressemblait, dans le combat, à l'immortelle égide. La mort courait de rang en rang partout sous ses coups. Semblable à un lion de Numidie que la cruelle faim dévore, et qui entre dans un troupeau de faibles brebis, il déchire, il égorge, il nage dans le sang ; et les bergers, loin de secourir le troupeau, fuient, tremblants, pour se dérober à sa fureur *.

Ces Barbares, qui espéraient de surprendre la ville, furent eux-mêmes surpris et déconcertés. Les sujets d'Aceste, animés par l'exemple et par les ordres de Mentor, eurent une vigueur dont ils ne se croyaient point capables. De ma lance je renversai le fils du roi de ce peuple ennemi. Il était de mon âge, mais il était plus grand que moi ; car ce peuple venait d'une race de géants qui étaient de la même origine que les Cyclopes. Il méprisait un ennemi aussi faible que moi : mais, sans m'étonner de sa force prodigieuse, ni de son air sauvage et brutal, je poussai ma lance contre sa poitrine, et je lui fis vomir, en expirant, des torrents d'un sang noir. Il pensa m'écraser. Dans sa chute, le bruit de ses armes retentit jusques aux montagnes. Je pris ses dépouilles, et je revins trouver Aceste. Mentor, ayant achevé de mettre les ennemis en désordre, les tailla en pièces, et poussa les fuyards jusque dans les forêts.

Un succès si inespéré fit regarder Mentor comme un homme chéri et inspiré des dieux. Aceste, touché de reconnaissance, nous avertit qu'il craignait tout pour nous, si les vaisseaux d'Énée revenaient en Sicile : il nous en donna un pour retourner sans retardement en notre pays, nous combla de présents, et nous pressa de partir pour prévenir tous les malheurs qu'il prévoyait ; mais il ne voulut nous donner ni un pilote ni des rameurs de sa nation, de peur qu'ils ne fussent trop exposés sur les côtes de la Grèce. Il nous donna des marchands phéniciens, qui, étant en commerce avec tous les peuples du monde, n'avaient rien à craindre, et qui devaient ramener le vaisseau à Aceste quand ils nous auraient laissés à Ithaque. Mais les dieux, qui se jouent des desseins des hommes, nous réservaient à d'autres dangers.

Livre deuxième

SOMMAIRE

Télémaque raconte que le vaisseau tyrien qu'il montait ayant été pris par Sésostris, il fut fait prisonnier ainsi que Mentor, et emmené captif en Égypte. – Merveilles de ce pays : sagesse de son gouvernement. – Mentor est envoyé esclave en Éthiopie, et Télémaque est réduit à conduire un troupeau dans le désert d'Oasis. Un prêtre d'Apollon, Termosiris, le console et lui apprend à imiter ce dieu qui avait été autrefois berger chez Admète, roi de Thessalie. – Bientôt Sésostris, informé de tout ce que fait de merveilleux Télémaque parmi les bergers, le rappelle, reconnaît son innocence et lui promet de le renvoyer à Ithaque. – La mort de Sésostris amène de nouveaux malheurs pour Télémaque. – Il est enfermé dans une tour au bord de la mer. – Du haut de cette tour il voit le nouveau roi d'Égypte, Bocchoris, périr dans un combat contre ses sujets révoltés et secourus par les Phéniciens.

Les Tyriens, par leur fierté, avaient irrité contre eux le grand roi Sésostris, qui régnait en Égypte, et qui avait conquis tant de royaumes. Les richesses qu'ils ont acquises par le commerce, et la force de l'imprenable ville de Tyr, située dans la mer, avaient enflé le cœur de ces peuples. Ils avaient refusé de payer à Sésostris le tribut qu'il leur avait imposé en revenant de ses conquêtes ; et ils avaient fourni des troupes à son frère, qui avait voulu, à son retour, le massacrer au milieu des réjouissances d'un grand festin. Sésostris avait résolu, pour abattre leur orgueil, de troubler leur commerce dans toutes les mers. Ses vaisseaux allaient de tous côtés cherchant les Phéniciens. Une flotte égyptienne nous rencontra, comme nous commencions à perdre de vue les montagnes de la Sicile. Le port et la terre semblaient fuir derrière nous, et se perdre dans les nues *. En même temps nous voyions approcher les navires des Égyptiens, semblables à une ville flottante. Les Phéniciens les reconnurent, et voulurent s'en éloigner : mais il n'était plus temps ; leurs voile étaient meilleures que les nôtres ; le vent les favorisait ; leurs rameurs étaient en plus grand nombre : ils nous abordent, nous prennent, et nous emmènent prisonniers en Égypte.

En vain je leur représentai que nous n'étions pas Phéniciens ; à peine daignèrent-ils m'écouter : ils nous regardèrent comme des esclaves dont les Phéniciens trafiquaient ; et ils ne songèrent qu'au profit d'une telle prise. Déjà nous remarquons les eaux de la mer qui blanchissent par le mélange de celles du Nil, et nous voyons la côte d'Égypte presque aussi basse que la mer. Ensuite nous arrivons à l'île de Pharos, voisine de la ville de No. De là nous remontons le Nil jusques à Memphis.

Si la douleur de notre captivité ne nous eût rendus insensibles à tous les plaisirs, nos yeux auraient été charmés de voir cette fertile terre d'Égypte, semblable à un jardin délicieux arrosé d'un nombre infini de canaux. Nous ne pouvions jeter les yeux sur les deux rivages sans apercevoir des villes opulentes, des maisons de campagne agréablement situées, des terres qui se couvraient tous les ans d'une moisson dorée sans se reposer jamais, des prairies pleines de troupeaux, des laboureurs qui étaient accablés sous le poids des fruits que la terre épanchait de son sein ; des bergers qui faisaient répéter les doux sons de leurs flûtes et de leurs chalumeaux à tous les échos d'alentour.

Heureux, disait Mentor, le peuple qui est conduit par un sage roi ! il est dans l'abondance ; il vit heureux, et aime celui à qui il doit tout son bonheur. C'est ainsi, ajoutait-il, ô Télémaque, que vous devez régner et faire la joie de vos peuples, si les dieux vous font posséder le royaume de votre père. Aimez vos peuples comme vos enfants ; goûtez le plaisir d'être aimé d'eux ; et faites qu'ils ne puissent jamais sentir la paix et la joie sans se ressouvenir que c'est un bon roi qui leur a fait ces riches présents. Les rois qui ne songent qu'à se faire craindre, et qu'à abattre leurs sujets pour les rendre plus soumis, sont les fléaux du genre humain. Ils sont craints comme ils le veulent être ; mais ils sont haïs, détestés ; et ils ont encore plus à craindre de leurs sujets, que leurs sujets n'ont à craindre d'eux.

Je répondais à Mentor : Hélas ! il n'est pas question de songer aux maximes suivant lesquelles on doit régner ; il n'y a plus d'Ithaque pour nous ; nous ne reverrons jamais ni notre patrie, ni Pénélope : et quand même Ulysse retournerait plein de gloire dans son royaume, il n'aura jamais la joie de m'y voir ; jamais je n'aurai celle de lui obéir pour apprendre à commander. Mourons, mon cher Mentor ; nulle autre pensée ne nous est plus permise : mourons, puisque les dieux n'ont aucune pitié de nous.

En parlant ainsi, de profonds soupirs entrecoupaient toutes mes paroles. Mais Mentor, qui craignait les maux avant qu'ils arrivassent, ne savait plus ce que c'était que de les craindre dès qu'ils étaient arrivés. Indigne fils du sage Ulysse ! s'écriait-il, quoi donc ! vous vous laissez vaincre à votre malheur ! Sachez que vous reverrez un jour l'île d'Ithaque et Pénélope. Vous verrez même dans sa première gloire celui que vous n'avez point connu, l'invincible Ulysse *, que la fortune ne peut abattre, et qui, dans ses malheurs, encore plus grands que les vôtres, vous apprend à ne vous décourager jamais. Oh ! s'il pouvait apprendre, dans les terres éloignées où la tempête l'a jeté, que son fils ne sait imiter ni sa patience ni son courage, cette nouvelle l'accablerait de honte, et lui serait plus rude que tous les malheurs qu'il souffre depuis si longtemps.

Ensuite Mentor me faisait remarquer la joie et l'abondance répandue dans toute la campagne d'Égypte, où l'on comptait jusqu'à vingt-deux mille villes. Il admirait la bonne police de ces villes : la justice exercée en faveur du pauvre contre le riche ; la bonne éducation des enfants, qu'on accoutumait à l'obéissance, au travail, à la sobriété, à l'amour des arts ou des lettres ; l'exactitude pour toutes les cérémonies de religion ; le désintéressement, le désir de l'honneur, la fidélité pour les hommes, et la crainte pour les dieux, que chaque père inspirait à ses enfants. Il ne se lassait point d'admirer ce bel ordre. Heureux, me disait-il sans cesse, le peuple qu'un sage roi conduit ainsi ! mais encore plus heureux le roi qui fait le bonheur de tant de peuples, et qui trouve le sien dans sa vertu ! Il tient les hommes par un lien beaucoup plus fort que celui de la crainte, c'est celui de l'amour. Non seulement on lui obéit, mais encore on aime à lui obéir. Il règne dans tous les cœurs : chacun, bien loin de vouloir s'en défaire, craint de le perdre, et donnerait sa vie pour lui.

Je remarquais ce que disait Mentor, et je sentais renaître mon courage au fond de mon cœur, à mesure que ce sage ami me parlait. Aussitôt que nous fûmes arrivés à Memphis, ville opulente et magnifique, le gouverneur ordonna que nous irions jusqu'à Thèbes pour être présentés au roi Sésostris, qui voulait examiner les choses par lui-même, et qui était fort animé contre les Tyriens. Nous remontâmes donc encore le long du Nil, jusqu'à cette fameuse Thèbes à cent portes, où habitait ce grand roi. Cette ville nous parut d'une étendue immense, et plus peuplée que les plus florissantes de la Grèce. La police y est parfaite pour la propreté des rues, pour le cours des eaux, pour la commodité des bains, pour la culture des arts, et pour la sûreté publique. Les places sont ornées de fontaines et d'obélisques ; les temples sont de marbre, et d'une architecture simple, mais majestueuse. Le palais du prince est lui seul comme une grande ville, on n'y voit que colonnes de marbre, que pyramides et obélisques, que statues colossales, que meubles d'or et d'argent massif.

Ceux qui nous avaient pris dirent au roi que nous avions été trouvés dans un navire phénicien. Il écoutait chaque jour, à certaines heures réglées, tous ceux de ses sujets qui avaient, ou des plaintes à lui faire, ou des avis à lui donner. Il ne méprisait ni ne rebutait personne, et ne croyait être roi que pour faire du bien à tous ses sujets, qu'il aimait comme ses enfants. Pour les étrangers, il les recevait avec bonté, et voulait les voir, parce qu'il croyait qu'on apprenait toujours quelque chose d'utile en s'instruisant des mœurs et des maximes des peuples éloignés. Cette curiosité du roi fit qu'on nous présenta à lui. Il était sur un trône d'ivoire, tenant en main un sceptre d'or. Il était déjà vieux, mais agréable, plein de douceur et de majesté ; il jugeait tous les jours les peuples, avec une patience et une sagesse qu'on admirait sans flatterie. Après avoir travaillé toute la journée à régler les affaires et à rendre une exacte justice, il se délassait le soir à écouter des hommes savants, ou à converser avec les plus honnêtes gens, qu'il savait bien choisir pour les admettre dans sa familiarité. On ne pouvait lui reprocher en toute sa vie que d'avoir triomphé avec trop de faste des rois qu'il avait vaincus, et de s'être confié à un de ses sujets que je vous dépeindrai tout à l'heure.

Quand il me vit, il fut touché de ma jeunesse et de ma douleur ; il me demanda ma patrie et mon nom. Nous fûmes étonnés de la sagesse qui parlait par sa bouche. Je répondis : Ô grand roi, vous n'ignorez pas le siège de Troie, qui a duré dix ans, et sa ruine, qui a coûté tant de sang à toute la Grèce. Ulysse, mon père, a été un des principaux rois qui ont ruiné cette ville : il erre sur toutes les mers, sans pouvoir retrouver l'île d'Ithaque, qui est son royaume. Je le cherche ; et un malheur semblable au sien fait que j'ai été pris. Rendez-moi à mon père et à ma patrie. Ainsi puissent les dieux vous conserver à vos enfants, et leur faire sentir la joie de vivre sous un si bon père !

Sésostris continuait à me regarder d'un œil de compassion ; mais, voulant savoir si ce que je disais était vrai, il nous renvoya à un de ses officiers, qui fut chargé de savoir de ceux qui avaient pris notre vaisseau si nous étions effectivement ou Grecs ou Phéniciens. S'ils sont Phéniciens, dit le roi, il faut doublement les punir, pour être nos ennemis, et plus encore pour avoir voulu nous tromper par un lâche mensonge : si, au contraire, ils sont Grecs, je veux qu'on les traite favorablement, et qu'on les renvoie dans leur pays, sur un de mes vaisseaux, car j'aime la Grèce ; plusieurs Égyptiens y ont donné des lois. Je connais la vertu d'Hercule ; la gloire d'Achille est parvenue jusqu'à nous ; et j'admire ce qu'on m'a raconté de la sagesse du malheureux Ulysse : tout mon plaisir est de secourir la vertu malheureuse.

L'officier auquel le roi renvoya l'examen de notre affaire avait l'âme aussi corrompue et aussi artificieuse que Sésostris était sincère et généreux. Cet officier se nommait Méthophis ; il nous interrogea pour tâcher de nous surprendre, et, comme il vit que Mentor répondait avec plus de sagesse que moi, il le regarda avec aversion et avec défiance ; car les méchants s'irritent contre les bons. Il nous sépara ; et, depuis ce moment, je ne sus point ce qu'était devenu Mentor. Cette séparation fut un coup de foudre pour moi. Méthophis espérait toujours qu'en nous questionnant séparément il pourrait nous faire dire des choses contraires ; surtout il croyait m'éblouir par ses promesses flatteuses et me faire avouer ce que Mentor lui aurait caché. Enfin, il ne cherchait pas de bonne foi la vérité ; mais il voulait trouver quelque prétexte de dire au roi que nous étions des Phéniciens, pour nous faire ses esclaves. En effet, malgré notre innocence et malgré la sagesse du roi, il trouva le moyen de le tromper.

Hélas ! à quoi les rois sont-ils exposés ! les plus sages même sont souvent surpris. Des hommes artificieux et intéressés les environnent ; les bons se retirent, parce qu'ils ne sont ni empressés ni flatteurs ; les bons attendent qu'on les cherche, et les princes ne savent guère les aller chercher ; au contraire, les méchants sont hardis, trompeurs, empressés à s'insinuer et à plaire, adroits à dissimuler, prêts à tout faire contre l'honneur et la conscience pour contenter les passions de celui qui règne. Ô qu'un roi est malheureux d'être exposé aux artifices des méchants ! Il est perdu, s'il ne repousse la flatterie et s'il n'aime ceux qui disent hardiment la vérité. Voilà les réflexions que je faisais dans mon malheur, et je rappelais tout ce que j'avais ouï dire à Mentor. Cependant Méthophis m'envoya vers les montagnes du désert d'Oasis, avec ses esclaves, afin que je servisse avec eux à conduire ses grands troupeaux.

En cet endroit, Calypso interrompit Télémaque, disant : Eh bien ! que fîtes-vous alors, vous qui aviez préféré en Sicile la mort à la servitude ? Télémaque répondit : Mon malheur croissait toujours ; je n'avais plus la misérable consolation de choisir entre la servitude et la mort ; il fallut être esclave et épuiser, pour ainsi dire, toutes les rigueurs de la fortune. Il ne me restait plus aucune espérance, et je ne pouvais pas même dire un mot pour travailler à me délivrer. Mentor m'a dit depuis qu'on l'avait vendu à des Éthiopiens, et qu'il les avait suivis en Éthiopie.

Pour moi, j'arrivai dans des déserts affreux ; on y voit des sables brûlants au milieu des plaines. Des neiges qui ne se fondent jamais font un hiver perpétuel sur le sommet des montagnes ; et on trouve seulement, pour nourrir les troupeaux, des pâturages parmi des rochers, vers le milieu du penchant de ces montagnes escarpées ; les vallées y sont si profondes, qu'à peine le soleil y peut faire luire ses rayons.

Je ne trouvai d'autres hommes, en ce pays, que des bergers aussi sauvages que le pays même. Là, je passais les nuits à déplorer mon malheur, et les jours, à suivre un troupeau, pour éviter la fureur brutale d'un premier esclave, qui, espérant d'obtenir sa liberté, accusait sans cesse les autres pour faire valoir à son maître son zèle et son attachement à ses intérêts. Cet esclave se nommait Buthis. Je devais succomber en cette occasion : la douleur me pressant, j'oubliai un jour mon troupeau, et je m'étendis sur l'herbe auprès d'une caverne ou j'attendais la mort, ne pouvant plus supporter mes peines.

En ce moment, je remarquai que toute la montagne tremblait ; les chênes et les pins semblaient descendre du sommet de la montagne ; les vents retenaient leurs haleines ; une voix mugissante sortit de la caverne et me fit entendre ces paroles : Fils du sage Ulysse, il faut que tu deviennes, comme lui, grand par la patience ; les princes qui ont toujours été heureux ne sont guère dignes de l'être ; la mollesse les corrompt, l'orgueil les enivre. Que tu seras heureux, si tu surmontes tes malheurs, et si tu ne les oublies jamais ! Tu reverras Ithaque, et ta gloire montera jusqu'aux astres. Quand tu seras le maître des autres hommes, souviens-toi que tu as été faible, pauvre et souffrant comme eux * ; prends plaisir à les soulager ; aime ton peuple, déteste la flatterie, et sache que tu ne seras grand qu'autant que tu seras modéré et courageux pour vaincre tes passions.

Ces paroles divines entrèrent jusqu'au fond de mon cœur ; elles y firent renaître la joie et le courage. Je ne sentis point cette horreur qui fait dresser les cheveux sur la tête et qui glace le sang dans les veines, quand les dieux se communiquent aux mortels ; je me levai tranquille, j'adorai à genoux, les mains levées vers le ciel, Minerve, à qui je crus devoir cet oracle. En même temps, je me trouvai un nouvel homme ; la sagesse éclairait mon esprit, je sentais une douce force pour modérer toutes mes passions, et pour arrêter l'impétuosité de ma jeunesse. Je me fis aimer de tous les bergers du désert ; ma douceur, ma patience, mon exactitude, apaisèrent enfin le cruel Buthis, qui était en autorité sur les autres esclaves, et qui avait voulu d'abord me tourmenter.

Pour mieux supporter l'ennui de la captivité et de la solitude, je cherchai des livres, car j'étais accablé de tristesse, faute de quelque instruction qui pût nourrir mon esprit et le soutenir. Heureux, disais-je, ceux qui se dégoûtent des plaisirs violents, et qui savent se contenter des douceurs d'une vie innocente ! Heureux ceux qui se divertissent en s'instruisant *, et qui se plaisent à cultiver leur esprit par les sciences ! En quelque endroit que la fortune ennemie les jette, ils portent toujours avec eux de quoi s'entretenir et l'ennui, qui dévore les autres hommes au milieu même des délices, est inconnu à ceux qui savent s'occuper par quelque lecture. Heureux ceux qui aiment à lire et qui ne sont point, comme moi, privés de la lecture !

Pendant que ces pensées roulaient dans mon esprit, je m'enfonçai dans une sombre forêt, où j'aperçus tout à coup un vieillard qui tenait dans sa main un livre. Ce vieillard avait un grand front chauve et un peu ridé ; une barbe blanche pendait jusqu'à sa ceinture ; sa taille était haute et majestueuse ; son teint était encore frais et vermeil, ses yeux vifs et perçants, sa voix douce, ses paroles simples et aimables. Jamais je n'ai vu un si vénérable vieillard : il s'appelait Termosiris, et il était prêtre d'Apollon, qu'il servait dans un temple de marbre que les rois d'Égypte avaient consacré à ce dieu dans cette forêt. Le livre qu'il tenait était un recueil d'hymnes en l'honneur des dieux. Il m'aborde avec amitié ; nous nous entretenons. Il racontait si bien les choses passées, qu'on croyait les voir ; mais il les racontait courtement, et jamais ses histoires ne m'ont lassé. Il prévoyait l'avenir par la profonde sagesse qui lui faisait connaître les hommes et les desseins dont ils sont capables. Avec tant de prudence, il était gai, complaisant ; et la jeunesse la plus enjouée n'a point autant de grâce qu'en avait cet homme dans une vieillesse si avancée : aussi aimait-il les jeunes gens, quand ils étaient dociles et qu'ils avaient le goût de la vertu.

Bientôt il m'aima tendrement, et me donna des livres pour me consoler : il m'appelait : Mon fils. Je lui disais souvent : Mon père, les dieux, qui m'ont ôté Mentor, ont eu pitié de moi ; ils m'ont donné en vous un autre soutien. Cet homme, semblable à Orphée ou à Linus, était sans doute inspiré des dieux : il me récitait les vers qu'il avait faits, et me donnait ceux de plusieurs excellents poètes favorisés des Muses. Lorsqu'il était revêtu de sa longue robe d'une éclatante blancheur, et qu'il prenait en main sa lyre d'ivoire, les tigres, les lions et les ours venaient le flatter et lécher ses pieds ; les Satyres sortaient des forêts pour danser autour de lui ; les arbres mêmes paraissaient émus ; et vous auriez cru que les rochers attendris allaient descendre du haut des montagnes au charme de ses doux accents. Il ne chantait que la grandeur des dieux, la vertu des héros, et la sagesse des hommes qui préfèrent la gloire aux plaisirs.

Il me disait souvent que je devais prendre courage, et que les dieux n'abandonneraient ni Ulysse, ni son fils. Enfin, il m'assura que je devais, à l'exemple d'Apollon, enseigner aux bergers à cultiver les Muses. Apollon, disait-il, indigné de ce que Jupiter par ses foudres troublait le ciel dans ses plus beaux jours, voulut s'en venger sur les Cyclopes qui forgeaient les foudres, et il les perça de ses flèches. Aussitôt le mont Etna cessa de vomir des tourbillons de flammes ; on n'entendit plus les coups des terribles marteaux qui, frappant l'enclume, faisaient gémir les profondes cavernes de la terre et les abîmes de la mer : le fer et l'airain, n'étant plus polis par les Cyclopes, commençaient à se rouiller. Vulcain, furieux, sort de sa fournaise ; quoique boiteux, il monte en diligence vers l'Olympe ; il arrive, suant et couvert d'une noire poussière, dans l'assemblée des dieux ; il fait des plaintes amères. Jupiter s'irrite contre Apollon, le chasse du ciel et le précipite sur la terre. Son char vide faisait de lui-même son cours ordinaire, pour donner aux hommes les jours et les nuits avec le changement régulier des saisons. Apollon, dépouillé de tous ses rayons, fut contraint de se faire berger, et de garder les troupeaux du roi Admète. Il jouait de la flûte ; et tous les autres bergers venaient à l'ombre des ormeaux, sur le bord d'une claire fontaine, écouter ses chansons. Jusque-là ils avaient mené une vie sauvage et brutale ; ils ne savaient que conduire leurs brebis, les tondre, traire leur lait et faire des fromages : toute la campagne était comme un désert affreux.

Bientôt Apollon montra à tous ces bergers les arts qui peuvent rendre leur vie agréable. Il chantait les fleurs dont le printemps se couronne, les parfums qu'il répand, et la verdure qui naît sous ses pas. Puis il chantait les délicieuses nuits de l'été, où les zéphyrs rafraîchissent les hommes, et où la rosée désaltère la terre. Il mêlait aussi dans ses chansons les fruits dorés dont l'automne récompense les travaux des laboureurs, et le repos de l'hiver, pendant lequel la jeunesse folâtre danse auprès du feu. Enfin il représentait les forêts sombres qui couvrent les montagnes, et les creux vallons où les rivières, par mille détours, semblent se jouer au milieu des riantes prairies. Il apprit ainsi aux bergers quels sont les charmes de la vie champêtre, quand on sait goûter ce que la simple nature a de merveilleux. Bientôt les bergers, avec leurs flûtes, se virent plus heureux que les rois ; et leurs cabanes attiraient en foule les plaisirs purs qui fuient les palais dorés. Les jeux, les ris, les grâces, suivaient partout les innocentes bergères. Tous les jours étaient des jours de fête : on n'entendait plus que le gazouillement des oiseaux, ou la douce haleine des zéphyrs qui se jouaient dans les rameaux des arbres, ou le murmure d'une onde claire qui tombait de quelque rocher *, ou les chansons que les Muses inspiraient aux bergers qui suivaient Apollon. Ce dieu leur enseignait à remporter le prix de la course, et à percer de flèches les daims et les cerfs. Les dieux mêmes devinrent jaloux des bergers : cette vie leur parut plus douce que toute leur gloire, et ils rappelèrent Apollon dans l'Olympe.

Mon fils, cette histoire doit vous instruire. Puisque vous êtes dans l'état où fut Apollon, défrichez cette terre sauvage ; faites fleurir comme lui le désert ; apprenez à tous ces bergers quels sont les charmes de l'harmonie ; adoucissez les cœurs farouches ; montrez-leur l'aimable vertu ; faites-leur sentir combien il est doux de jouir, dans la solitude, des plaisirs innocents que rien ne peut ôter aux bergers. Un jour, mon fils, un jour les peines et les soucis cruels qui environnent les rois vous feront regretter sur le trône la vie pastorale.

Ayant ainsi parlé, Termosiris me donna une flûte si douce que les échos de ces montagnes qui la firent entendre de tous côtés, attirèrent bientôt autour de nous tous les bergers voisins. Ma voix avait une harmonie divine ; je me sentais ému et comme hors de moi-même, pour chanter les grâces dont la nature a orné la campagne. Nous passions les jours entiers et une partie des nuits à chanter ensemble. Tous les bergers, oubliant leurs cabanes et leurs troupeaux, étaient suspendus et immobiles autour de moi pendant que je leur donnais des leçons : il semblait que ces déserts n'eussent plus rien de sauvage ; tout y était devenu doux et riant ; la politesse des habitants semblait adoucir la terre.

Nous nous assemblions souvent pour offrir des sacrifices dans ce temple d'Apollon où Termosiris était prêtre. Les bergers y allaient couronnés de lauriers en l'honneur du dieu ; les bergères y allaient aussi en dansant, avec des couronnes de fleurs, et portant sur leurs têtes, dans des corbeilles, les dons sacrés. Après le sacrifice, nous faisions un festin champêtre ; nos plus doux mets étaient le lait de nos chèvres et de nos brebis, que nous avions soin de traire nous-mêmes, avec les fruits fraîchement cueillis de nos propres mains, tels que les dattes, les figues et les raisins : nos sièges étaient les gazons ; les arbres touffus nous donnaient une ombre plus agréable que les lambris dorés des palais des rois.

Mais ce qui acheva de me rendre fameux parmi nos bergers, c'est qu'un jour un lion affamé vint se jeter sur mon troupeau : déjà il commençait un carnage affreux, je n'avais en main que ma houlette ; je m'avance hardiment. Le lion hérisse sa crinière, me montre ses dents et ses griffes, ouvre une gueule sèche et enflammée ; ses yeux paraissent pleins de sang et de feu ; il bat ses flancs avec sa longue queue. Je le terrasse : la petite cotte de mailles dont j'étais revêtu, selon la coutume des bergers d'Égypte, l'empêcha de me déchirer. Trois fois je rabattis ; trois fois il se releva ; il poussait des rugissements qui faisaient retentir toutes les forêts. Enfin, je l'étouffai entre mes bras ; et les bergers, témoins de ma victoire, voulurent que je me revêtisse de la peau de ce terrible lion.

Le bruit de cette action et celui du beau changement de tous nos bergers se répandit dans toute l'Égypte ; il parvint même jusqu'aux oreilles de Sésostris. Il sut qu'un de ces deux captifs qu'on avait pris pour des Phéniciens avait ramené l'âge d'or dans ces déserts presque inhabitables. Il voulut me voir : car il aimait les Muses ; et tout ce qui peut instruire les hommes touchait son grand cœur. Il me vit ; il m'écoula avec plaisir ; il découvrit que Méthophis l'avait trompé par avarice ; il le condamna à une prison perpétuelle, et lui ôta toutes les richesses qu'il possédait injustement. Ô qu'on est malheureux, disait-il, quand on est au-dessus du reste des hommes ! souvent on ne peut voir la vérité par ses propres yeux : on est environné de gens qui l'empêchent d'arriver jusqu'à celui qui commande ; chacun est intéressé à le tromper ; chacun, sous une apparence de zèle, cache son ambition. On fait semblant d'aimer le roi, et on n'aime que les richesses qu'il donne : on l'aime si peu, que pour obtenir ses faveurs on le flatte et on le trahit.

Ensuite Sésostris me traita avec une tendre amitié, et résolut de me renvoyer en Ithaque avec des vaisseaux et des troupes, pour délivrer

Pénélope de tous ses amants. La flotte était déjà prête ; nous ne songions qu'à nous embarquer. J'admirais les coups de la fortune, qui relève tout à coup ceux qu'elle a le plus abaissés *. Cette expérience me faisait espérer qu'Ulysse pourrait bien revenir enfin dans son royaume après quelque longue souffrance. Je pensais aussi en moi-même que je pourrais encore revoir Mentor, quoiqu'il eût été emmené dans les pays les plus inconnus de l'Éthiopie. Pendant que je retardais un peu mon départ, pour tâcher d'en savoir des nouvelles, Sésostris, qui était fort âgé, mourut subitement, et sa mort me replongea dans de nouveaux malheurs.

Toute l'Égypte parut inconsolable de cette perte ; chaque famille croyait avoir perdu son meilleur ami, son protecteur, son père. Les vieillards, levant les mains au ciel, s'écriaient : Jamais l'Égypte n'eut un aussi bon roi ! jamais elle n'en aura de semblable ! Ô dieux ! il fallait ou ne le montrer point aux hommes, ou ne le leur ôter jamais ; pourquoi faut-il que nous survivions au grand Sésostris ! Les jeunes gens disaient : L'espérance de l'Égypte est détruite : nos pères ont été heureux de passer leur vie sous un si bon roi ; pour nous, nous ne l'avons vu que pour sentir sa perte. Ses domestiques pleuraient nuit et jour. Quand on fit les funérailles du roi, pendant quarante jours tous les peuples les plus reculés, y accoururent en foule : chacun voulait voir encore une fois le corps de Sésostris ; chacun voulait en conserver l'image ; plusieurs voulurent être mis avec lui dans le tombeau.

Ce qui augmenta encore la douleur de sa perte, c'est que son fils Bocchoris n'avait ni humanité pour les étrangers, ni curiosité pour les sciences, ni estime pour les hommes vertueux, ni amour de la gloire. La grandeur de son père avait contribué à le rendre si indigne de régner. Il avait été nourri dans la mollesse et dans une fierté brutale ; il comptait pour rien les hommes, croyant qu'ils n'étaient faits que pour lui, et qu'il était d'une autre nature qu'eux : il ne songeait qu'à contenter ses passions, qu'à dissiper les trésors immenses que son père avait ménagés avec tant de soin, qu'à tourmenter les peuples, et qu'à sucer le sang des malheureux ; enfin, qu'à suivre les conseils flatteurs des jeunes insensés qui l'environnaient, pendant qu'il écartait avec mépris tous les sages vieillards qui avaient eu la confiance de son père. C'était un monstre, et non pas un roi. Toute l'Égypte gémissait ; et quoique le nom de Sésostris, si cher aux Égyptiens, leur fît supporter la conduite lâche et cruelle de son fils, le fils courait à sa perte : et un prince si indigne du trône ne pouvait longtemps régner.

Il ne me fut plus permis d'espérer mon retour en Ithaque. Je demeurai dans une tour sur le bord de la mer, auprès de Péluse, où notre embarquement devait se faire, si Sésostris ne fût pas mort. Méthophis avait eu l'adresse de sortir de prison, et de se rétablir auprès du nouveau roi : il m'avait fait renfermer dans cette tour, pour se venger de la disgrâce que je lui avais causée. Je passais les jours et les nuits dans une profonde tristesse : tout ce que Termosiris m'avait prédit, et tout ce que j'avais entendu dans la caverne, ne me paraissait plus qu'un songe ; j'étais abîmé dans la plus amère douleur. Je voyais les vagues qui venaient battre le pied de la tour où j'étais prisonnier ; souvent je m'occupais à considérer des vaisseaux agités par la tempête, qui étaient en danger de se briser contre les rochers sur lesquels la tour était bâtie. Loin de plaindre ces hommes menacés du naufrage, j'enviais leur sort. Bientôt, disais-je en moi-même, ils finiront les malheurs de leur vie, ou ils arriveront en leur pays. Hélas ! je ne puis espérer ni l'un ni l'autre.

Pendant que je me consumais ainsi en regrets inutiles, j'aperçus comme une forêt de mâts de vaisseaux. La mer était couverte de voiles que les vents enflaient ; l'onde était écumante sous les coups des rames innombrables. J'entendais de toutes parts des cris confus ; j'apercevais sur le rivage une partie des Égyptiens effrayés qui couraient aux armes, et d'autres qui semblaient aller au-devant de cette flotte qu'on voyait arriver. Bientôt je reconnus que ces vaisseaux étrangers étaient, les uns, de Phénicie, et les autres, de l'île de Chypre ; car mes malheurs commençaient à me rendre expérimenté sur ce qui regarde la navigation. Les Égyptiens me parurent divisés autre eux ; je n'eus aucune peine à croire que l'insensé Bocchoris avait, par ses violences, causé une révolte de ses sujets et allumé la guerre civile. Je fus, du haut, de cette tour, spectateur d'un sanglant combat. Les Égyptiens qui avaient appelé à leur secours les étrangers, après avoir favorisé leur descente, attaquèrent les autres Égyptiens, qui avaient le roi à leur tête. Je voyais ce roi qui animait les siens par son exemple ; il paraissait comme le dieu Mars * : des ruisseaux de sang coulaient autour de lui ; les roues de son char étaient teintes d'un sang noir, épais et écumant : à peine pouvaient-elles passer sur des tas de corps morts écrasés. Ce jeune roi, bien fait, vigoureux, d'une mine haute et fière, avait dans ses yeux la fureur et le désespoir : il était comme un beau cheval qui n'a point de bouche ; son courage le poussait au hasard, et la sagesse ne modérait point sa valeur. Il ne savait ni réparer ses fautes, ni donner des ordres précis, ni prévoir les maux qui le menaçaient, ni ménager les gens dont il avait le plus grand besoin. Ce n'était pas qu'il manquât de génie ; ses lumières égalaient son courage : mais il n'avait jamais été instruit par la mauvaise fortune ; ses maîtres avaient empoisonné par la flatterie son beau naturel. Il était enivré de sa puissance et de son bonheur ; il croyait que tout devait céder à ses désirs fougueux : la moindre résistance enflammait sa colère. Alors il ne raisonnait plus ; il était comme hors de lui-même : son orgueil furieux en faisait une bête farouche ; sa bonté naturelle et sa droite raison l'abandonnaient en un instant :

ses plus fidèles serviteurs étaient réduits à s'enfuir ; il n'aimait plus que ceux qui flattaient ses passions. Ainsi, il prenait toujours des partis extrêmes contre ses véritables intérêts, et il forçait tous les gens de bien à détester sa folle conduite.

Longtemps sa valeur le soutint contre la multitude de ses ennemis ; mais enfin il fut accablé. Je le vis périr : le dard d'un Phénicien perça sa poitrine. Les rênes lui échappèrent des mains ; il tomba de son char sous les pieds des chevaux. Un soldat de l'île de Chypre lui coupa la tête ; et, la prenant par les cheveux, il la montra, comme en triomphe, à toute l'armée victorieuse.

Je me souviendrai toute ma vie d'avoir vu cette tête qui nageait dans le sang ; ces yeux fermés et éteints ; ce visage pâle et défiguré ; cette bouche entrouverte, qui semblait vouloir encore achever des paroles commencées ; cet air superbe et menaçant, que la mort même n'avait pu effacer. Toute ma vie il sera peint devant mes yeux ; et, si jamais les dieux me faisaient régner, je n'oublierais point, après un si funeste exemple, qu'un roi n'est digne de commander, et n'est heureux dans sa puissance, qu'autant qu'il la soumet à la raison. Eh ! quel malheur, pour un homme destiné à faire le bonheur public, de n'être le maître de tant d'hommes que pour les rendre malheureux !

Livre troisième

SOMMAIRE

Télémaque raconte que Termutis, successeur de Bocchoris, rendant tous les prisonniers phéniciens, il fut emmené à Tyr sur le vaisseau de Narbal, qui commandait la flotte tyrienne. – Pendant le trajet, Narbal entretient Télémaque de la puissance, de la prospérité des Phéniciens ; des lois qui président à leur commerce ; il lui dépeint Pygmalion, prince avare et cruel. – Après quelque séjour à Tyr, Télémaque est sur le point de s'embarquer pour l'île de Chypre ; Pygmalion veut le faire prendre ; mais Astarbé, la maîtresse du tyran, le sauve et fait mourir pour lui un jeune homme dont les mépris l'avaient irritée.

Calypso écoutait avec étonnement des paroles si sages. Ce qui la charmait le plus était de voir que Télémaque racontait ingénument les fautes qu'il avait faites par précipitation, et en manquant de docilité pour le sage Mentor : elle trouvait une noblesse et une grandeur étonnante dans ce jeune homme qui s'accusait lui-même, et qui paraissait avoir si bien profité de ses imprudences pour se rendre sage, prévoyant et modéré. Continuez, disait-elle, mon cher Télémaque ; il me tarde de savoir comment vous sortîtes de l'Égypte, et où vous avez retrouvé le sage Mentor, dont vous aviez senti la perte avec tant de raison.

Télémaque reprit ainsi son discours : Les Égyptiens les plus vertueux et les plus fidèles au roi, étant les plus faibles, et voyant le roi mort, furent contraints de céder aux autres : on établit un autre roi nommé Termutis. Les Phéniciens, avec les troupes de l'île de Chypre, se retirèrent après avoir fait alliance avec le nouveau roi. Celui-ci rendit tous les prisonniers phéniciens ; je fus compté comme étant de ce nombre. On me fit sortir de la tour ; je m'embarquai avec les autres, et l'espérance commença à reluire au fond de mon cœur. Un vent favorable remplissait déjà nos voiles *, les rameurs fendaient les ondes écumantes, la vaste mer était couverte de navires ; les mariniers poussaient des cris de joie ; les rivages d'Égypte s'enfuyaient loin de nous ; les collines et les montagnes s'aplanissaient peu à peu. Nous commencions à ne voir plus que le ciel et l'eau *, pendant que le soleil, qui se levait, semblait faire sortir du sein de la mer ses feux étincelants : ses rayons doraient le sommet des montagnes * que nous découvrions encore un peu sur l'horizon ; et tout le ciel, peint d'un sombre azur, nous promettait une heureuse navigation.

Quoiqu'on m'eût renvoyé comme étant Phénicien, aucun des Phéniciens avec qui j'étais ne me connaissait. Narbal, qui commandait dans le vaisseau où l'on me mit, me demanda mon nom et ma patrie. De quelle ville de Phénicie êtes-vous ? me dit-il. Je ne suis point de Phénicie, lui dis-je ; mais les Égyptiens m'avaient pris sur la mer dans un vaisseau de Phénicie : j'ai demeuré longtemps captif en Égypte comme un Phénicien ; c'est sous ce nom que j'ai longtemps souffert ; c'est sous ce nom qu'on m'a délivré. De quel pays êtes-vous donc ? reprit Narbal. Alors je lui parlai ainsi : Je suis Télémaque, fils d'Ulysse, roi d'Ithaque en Grèce. Mon père s'est rendu fameux entre tous les rois qui ont assiégé la ville de Troie : mais les dieux ne lui ont pas accordé de revoir sa patrie. Je l'ai cherché en plusieurs pays ; la fortune me persécute comme lui : vous voyez un malheureux qui ne soupire qu'après le bonheur de retourner parmi les siens, et de trouver son père.

Narbal me regardait avec étonnement, et il crut apercevoir en moi je ne sais quoi d'heureux qui vient des dons du ciel, et qui n'est point dans le commun des hommes. Il était naturellement sincère et généreux ; il fut touché de mon malheur, et me parla avec une confiance que les dieux lui inspirèrent pour me sauver d'un grand péril.

Télémaque, je ne doute point, me dit-il, de ce que vous me dites, et je ne saurais en douter ; la douleur et la vertu peintes sur votre visage ne me permettent pas de me délier de vous : je sens même que les dieux, que j'ai toujours servis, vous aiment, et qu'ils veulent que je vous aime aussi comme si vous étiez mon fils. Je vous donnerai un conseil salutaire ; et, pour récompense, je ne vous demande que le secret. Ne craignez point, lui dis-je, que j'aie aucune peine à me taire sur les choses que vous voudrez me confier : quoique je sois si jeune, j'ai déjà vieilli dans l'habitude de ne dire jamais mon secret, et encore plus de ne trahir jamais, sous aucun prétexte, le secret d'autrui. Comment avez-vous pu, me dit-il, vous accoutumer au secret dans une si grande jeunesse ? Je serai ravi d'apprendre par quel moyen vous avez acquis cette qualité, qui est le fondement de la plus sage conduite, et sans laquelle tous les talents sont inutiles.

Quand Ulysse, lui dis-je, partit pour aller au siège de Troie, il me prit sur ses genoux et entre ses bras (c'est ainsi qu'on me l'a raconté) : après m'avoir baisé tendrement, il me dit ces paroles, quoique je ne pusse les entendre : Ô mon fils ! que les dieux me préservent de te revoir jamais ; que plutôt le ciseau de la Parque tranche le fil de tes jours lorsqu'il est à peine formé, de même que le moissonneur tranche de sa faux une tendre fleur qui commence à éclore ; que mes ennemis te puissent écraser aux yeux de ta mère et aux miens, si tu dois un jour te corrompre et abandonner la vertu ! Ô mes amis ! continua-t-il, je vous laisse ce fils qui m'est si cher ; ayez soin de son enfance : si vous m'aimez, éloignez de lui la pernicieuse flatterie ; enseignez-lui à se vaincre ; qu'il soit comme un jeune arbrisseau encore tendre, qu'on plie pour le redresser ; Surtout n'oubliez rien pour le rendre juste, bienfaisant, sincère, et fidèle à garder un secret. Quiconque est capable de mentir est indigne d'être compté au nombre des hommes ; et quiconque ne sait pas se taire est indigne de gouverner.

Je vous rapporte ces paroles, parce qu'on a eu soin de me les répéter souvent, et qu'elles ont pénétré jusqu'au fond de mon cœur ; je me les redis souvent à moi-même. Les amis de mon père eurent soin de m'exercer de bonne heure au secret : j'étais encore dans la plus tendre enfance, et ils me confiaient déjà toutes les peines qu'ils ressentaient, voyant ma mère exposée à un grand nombre de téméraires qui voulaient l'épouser. Ainsi on me traitait dès lors comme un homme raisonnable et sûr : on m'entretenait secrètement des plus grandes affaires ; on m'instruisait de tout ce qu'on avait résolu pour écarter ces prétendants. J'étais ravi qu'on eût en moi cette confiance : par là je me croyais déjà un homme fait. Jamais je n'en ai abusé ; jamais il ne m'a échappé une seule parole qui pût découvrir le moindre secret. Souvent les prétendants tâchaient de me faire parler, espérant qu'un enfant, qui pourrait avoir vu ou entendu quelque chose d'important, ne saurait pas se retenir ; mais je savais bien leur répondre sans mentir, et sans leur apprendre ce que je ne devais pas dire.

Alors Narbal me dit : Vous voyez, Télémaque, la puissance des Phéniciens ; ils sont redoutables à toutes les nations voisines, par leurs innombrables vaisseaux : le commerce, qu'ils font jusques aux colonnes d'Hercule, leur donne des richesses qui surpassent celles des peuples les plus florissants. Le grand roi Sésostris, qui n'aurait jamais pu les vaincre par mer, eut bien de la peine à les vaincre par terre, avec ses armées qui avaient conquis tout l'Orient ; il nous imposa un tribut que nous n'avons pas longtemps payé : les Phéniciens se trouvaient trop riches et trop puissants pour porter patiemment le joug de la servitude ; nous reprîmes notre liberté. La mort ne laissa pas à Sésostris le temps de finir la guerre contre nous. Il est vrai que nous avions tout à craindre de sa sagesse encore plus que de sa puissance : mais, sa puissance passant dans les mains de son fils, dépourvu de toute sagesse, nous conclûmes que nous n'avions plus rien à craindre. En effet, les Égyptiens, bien loin de rentrer les armes à la main dans notre pays pour nous subjuguer encore une fois, ont été contraints de nous appeler à leur secours pour les délivrer de ce roi impie et furieux. Nous avons été leurs libérateurs. Quelle gloire ajoutée à la liberté et à l'opulence des Phéniciens !

Mais pendant que nous délivrons les autres, nous sommes esclaves nous-mêmes. Ô Télémaque, craignez de tomber dans les mains de Pygmalion, notre roi : il les a trempées, ces mains cruelles, dans le sang de Sichée, mari de Didon, sa sœur. Didon, pleine du désir de la vengeance, s'est sauvée de Tyr avec plusieurs vaisseaux. La plupart de ceux qui aiment la vertu et la liberté l'ont suivie : elle a fondé sur là côte d'Afrique une superbe ville qu'on nomme Carthage. Pygmalion, tourmenté par une soif insatiable des richesses, se rend de plus en plus misérable et odieux à ses sujets. C'est un crime à Tyr que d'avoir de grands biens ; l'avarice le rend défiant, soupçonneux, cruel ; il persécute les riches, et il craint les pauvres. C'est un crime encore plus grand à Tyr d'avoir de la vertu ; car Pygmalion suppose que les bons ne peuvent souffrir ses injustices et ses infamies : la vertu le condamne ; il s'aigrit et s'irrite contre elle. Tout l'agite, l'inquiète, le ronge ; il a peur de son ombre ; il ne dort ni jour ni nuit : les dieux, pour le confondre, l'accablent de trésors dont il n'ose jouir. Ce qu'il cherche pour être heureux est précisément ce qui l'empêche de l'être. Il regrette tout ce qu'il donne, et craint toujours de perdre ; il se tourmente pour gagner. On ne le voit presque jamais ; il est seul, triste, abattu au fond de son palais ; ses amis même n'osent l'aborder, de peur de lui devenir suspects. Une garde terrible tient toujours des épées nues et des piques levées autour de sa maison. Trente chambres qui communiquent les unes aux autres, et dont chacune a une porta de fer avec six gros verrous, sont le lieu où il se renferme ; on ne sait jamais dans laquelle de ces chambres il couche, et on assure qu'il ne couche jamais deux nuits de suite dans la même, de peur d'y être égorgé. Il ne connaît ni les doux plaisirs, ni l'amitié encore plus douce ; si on lui parle de chercher la joie, il sent qu'elle fuit loin de lui, et qu'elle refuse d'entrer dans son cœur. Ses yeux creux sont pleins d'un feu âpre et farouche ; ils sont sans cesse errants de tous côtés ; il prête l'oreille au moindre bruit, et se sent tout ému ; il est pâle, défait, et les noirs soucis sont peints sur son visage toujours ridé. Il se tait, il soupire, il tire de son cœur de profonds gémissements, il ne peut cacher les remords qui déchirent ses entrailles. Les mets les plus exquis le dégoûtent. Ses enfants, loin d'être son espérance, sont le sujet de sa terreur : il en a fait ses plus dangereux ennemis. Il n'a eu toute sa vie aucun moment d'assuré ; il ne se conserve qu'à force de répandre le sang de tous ceux qu'il craint. Insensé, qui ne voit pas que sa cruauté, à laquelle il se confie, le fera périr ! Quelqu'un de ses domestiques, aussi défiant que lui, se hâtera de délivrer le monde de ce monstre.

Pour moi, je crains les dieux : quoi qu'il m'en coûte, je serai fidèle au roi qu'ils m'ont donné : j'aimerais mieux qu'il me fît mourir, que de lui ôter la vie, et même que de manquer à le défendre. Pour vous, ô Télémaque, gardez-vous bien de lui dire que vous êtes le fils d'Ulysse : il espérerait qu'Ulysse, retournant à Ithaque, lui payerait quelque grande somme pour vous racheter, et il vous tiendrait en prison.

Quand nous arrivâmes à Tyr, je suivis le conseil de Narbal, et je reconnus la vérité de tout ce qu'il m'avait raconté. Je ne pouvais comprendre qu'un homme pût se rendre aussi misérable que Pygmalion me le paraissait. Surpris d'un spectacle si affreux et si nouveau pour moi, je disais en moi-même : Voilà un homme qui n'a cherché qu'à se rendre heureux : il a cru y parvenir par les richesses, et par une autorité absolue : il possède tout ce qu'il peut désirer ; et cependant il est méprisable par ses richesses et par son autorité même. S'il était berger, comme je l'étais naguère, il serait aussi heureux que je l'ai été : il jouirait des plaisirs innocents de la campagne, et en jouirait sans remords ; il ne craindrait ni le fer ni le poison, il aimerait les hommes, il en serait aimé : il n'aurait point ces grandes richesses, qui lui sont aussi inutiles que du sable, puisqu'il n'ose y toucher ; mais il jouirait librement des fruits de la terre, et ne souffrirait aucun véritable besoin. Cet homme paraît faire tout ce qu'il veut ; mais il s'en faut bien qu'il le fasse : il fait tout ce que veulent ses passions féroces ; il est toujours entraîné par son avarice, par sa crainte, par ses soupçons. Il paraît maître de tous les autres hommes ; mais il n'est pas maître de lui-même, car il a autant de maîtres et de bourreaux qu'il a de désirs violents.

Je raisonnais ainsi de Pygmalion sans le voir ; car on ne le voyait point, et on regardait seulement avec crainte ces hautes tours, qui étaient nuit et jour entourées de gardes, où il s'était mis lui-même comme en prison ; se renfermant avec ses trésors. Je comparais ce roi invisible avec Sésostris, si doux, si accessible, si affable, si curieux de voir les étrangers, si attentif à écouter tout le monde, et à tirer du cœur des hommes la vérité qu'on cache aux rois. Sésostris, disais-je, ne craignait rien, et n'avait rien à craindre ; il se montrait à tous ses sujets comme à ses propres enfants : celui-ci craint tout, et a tout à craindre. Ce méchant roi est toujours exposé à une mort funeste, même dans son palais inaccessible, au milieu de ses gardes ; au contraire, le bon roi Sésostris était en sûreté au milieu de la foule des peuples, comme un bon père dans sa maison, environné de sa famille.

Pygmalion donna ordre de renvoyer les troupes de l'île de Chypre qui étaient venues secourir les siennes à cause de l'alliance qui était entre les deux peuples. Narbal prit cette occasion de me mettre en liberté : il me fit passer en revue parmi les soldats chypriens : car le roi était ombrageux jusque dans les moindres choses. Le défaut des princes trop faciles et inappliqués est de se livrer avec une aveugle confiance à des favoris artificieux et corrompus. Le défaut de celui-ci était, au contraire, de se défier des plus honnêtes gens : il ne savait point discerner les hommes droits et simples qui agissent sans déguisement ; aussi n'avait-il jamais vu de gens de bien, car de telles gens ne vont point chercher un roi si corrompu. D'ailleurs, il avait vu, depuis qu'il était sur le trône, dans les hommes dont il s'était servi, tant de dissimulation, de perfidie, et de vices affreux déguisés sous les apparences de la vertu, qu'il regardait tous les hommes, sans exception, comme s'ils eussent été masqués. Il supposait qu'il n'y a aucune sincère vertu sur la terre : ainsi il regardait tous les hommes comme étant à peu près égaux. Quand il trouvait un homme faux et corrompu, il ne se donnait point la peine d'en chercher un autre, comptant qu'un autre ne serait pas meilleur. Les bons lui paraissaient pires que les méchants les plus déclarés, parce qu'il les croyait aussi méchants et plus trompeurs.

Pour revenir à moi, je fus confondu avec les Chypriens, et j'échappai à la défiance pénétrante du roi. Narbal tremblait, dans la crainte que je ne fusse découvert : il lui en eût coûté la vie, et à moi aussi. Son impatience de nous voir partir était incroyable : mais les vents contraires nous retinrent assez longtemps à Tyr.

Je profitai de ce séjour pour connaître les mœurs des Phéniciens, si célèbres dans toutes les nations connues. J'admirais l'heureuse situation de cette grande ville, qui est au milieu de la mer, dans une île. La côte voisine est délicieuse par sa fertilité, par les fruits exquis qu'elle porte, par le nombre des villes et des villages qui se touchent presque, enfin par la douceur de son climat : car les montagnes mettent cette côte à l'abri des vents brûlants du midi ; elle est rafraîchie par le vent du nord qui souffle du côté de la mer. Ce pays est au pied du Liban, dont le sommet fend les nues et va toucher les astres ; une glace éternelle couvre son front ; des fleuves pleins de neige tombent, comme des torrents, des pointes de rochers qui environnent sa tête. Au-dessous on voit une vaste forêt de cèdres antiques, qui paraissent aussi vieux que la terre où ils sont plantés, et qui portent leurs branches épaisses jusque vers les nues. Cette forêt a sous ses pieds de gras pâturages dans la pente de la montagne. C'est là qu'on voit errer les taureaux qui mugissent, les brebis qui bêlent, avec leurs tendres agneaux qui bondissent sur l'herbe fraîche : là coulent mille divers ruisseaux d'une eau claire, qui distribuent l'eau partout. Enfin on voit au-dessous des pâturages le pied de la montagne qui est comme un jardin : le printemps et l'automne y règnent ensemble pour y joindre les fleurs et les fruits. Jamais ni le souffle empesté du midi, qui sèche et qui brûle tout, ni le rigoureux aquilon, n'ont osé effacer les vives couleurs qui ornent ce jardin.

C'est auprès de cette belle côte que s'élève dans la mer l'île où est bâtie la ville de Tyr. Cette grande ville semble nager au-dessus des eaux et être la reine de toute la mer. Les marchands y abordent de toutes les parties du monde, et ses habitants sont eux-mêmes les plus fameux marchands qu'il y ait dans l'univers. Quand on entre dans cette ville, on croit d'abord que ce n'est point une ville qui appartienne à un peuple particulier, mais qu'elle est la ville commune de tous les peuples, et le centre de leur commerce. Elle a deux grands môles, semblables à deux bras, qui s'avancent dans la mer, et qui embrassent un vaste port où les vents ne peuvent entrer. Dans ce port on voit comme une forêt de mâts de navires ; et ces navires sont si nombreux, qu'à peine peut-on découvrir la mer qui les porte. Tous les citoyens s'appliquent au commerce, et leurs grandes richesses ne les dégoûtent jamais du travail nécessaire pour les augmenter. On y voit de tous côtés le fin lin d'Égypte et la pourpre tyrienne deux fois teinte, d'un éclat merveilleux ; cette double teinture est si vive, que le temps ne peut l'effacer : on s'en sert pour les laines fines, qu'on rehausse d'une broderie d'or et d'argent. Les Phéniciens font le commerce de tous les peuples jusqu'au détroit de Gadès, et ils ont même pénétré dans le vaste océan qui environne toute la terre. Ils ont fait aussi de longues navigations sur la mer Rouge ; et c'est par ce chemin qu'ils vont chercher, dans les îles inconnues, de l'or, des parfums, et divers animaux qu'on ne voit point ailleurs.

Je ne pouvais rassasier mes yeux du spectacle magnifique de cette grande ville où tout était en mouvement. Je n'y vois point, comme dans les villes de la Grèce, des hommes oisifs et curieux, qui vont chercher des nouvelles dans la place publique, ou regarder les étrangers qui arrivent sur le port. Les hommes y sont occupés à décharger leurs vaisseaux, à transporter leurs marchandises ou à les vendre ; à ranger leurs magasins, et à tenir un compte exact de ce qui leur est dû par les négociants étrangers. Les femmes ne cessent jamais ou filer les laines, ou de faire des dessins de broderie, ou de plier les riches étoffes.

D'où vient, disais-je à Narbal, que les Phéniciens se sont rendus les maîtres du commerce de toute la terre, et qu'ils s'enrichissent ainsi aux dépens de tous les peuples ? Vous le voyez, me répondit-il, la situation de Tyr est heureuse pour le commerce. C'est notre patrie qui a la gloire d'avoir inventé la navigation : les Tyriens furent les premiers, s'il en faut croire ce qu'on raconte de la plus obscure antiquité, qui domptèrent les flots, longtemps avant l'âge de Tiphys et des Argonautes tant vantés dans la Grèce ; ils furent, dis-je, les premiers qui osèrent se mettre dans un frêle vaisseau * à la merci des vagues et des tempêtes, qui sondèrent les abîmes de la mer, qui observèrent les astres loin de la terre, suivant la science des Égyptiens et des Babyloniens, enfin qui réunirent tant de peuples que la mer avait séparés. Les Tyriens sont industrieux, patients, laborieux, propres, sobres et ménagers ; ils ont une exacte police ; ils sont parfaitement d'accord entre eux ; jamais peuple n'a été plus constant, plus sincère, plus fidèle, plus sûr, plus commode à tous les étrangers. Voilà, sans aller chercher d'autres causes, ce qui leur donne l'empire de la mer, et qui fait fleurir dans leurs ports un si utile commerce. Si la division et la jalousie se mettaient entre eux ; s'ils commençaient à s'amollir dans les délices et dans l'oisiveté ; si les premiers de la nation méprisaient le travail et l'économie ; si les arts cessaient d'être en honneur dans leur ville ; s'ils manquaient de bonne foi envers les étrangers ; s'ils altéraient tant soit peu les règles d'un commerce libre ; s'ils négligeaient leurs manufactures, et s'ils cessaient de faire les grandes avances qui sont nécessaires pour rendre leurs marchandises parfaites, chacune dans son genre, vous verriez bientôt tomber cette puissance que vous admirez.

Mais expliquez-moi, lui disais-je, les vrais moyens d'établir un jour à Ithaque un pareil commerce. Faites, me répondit-il, comme on fait ici : recevez bien et facilement tous les étrangers ; faites-leur trouver dans vos ports la sûreté, la commodité, la liberté entière ; ne vous laissez jamais entraîner ni par l'avarice ni par l'orgueil. Le vrai moyen de gagner beaucoup est de ne vouloir jamais trop gagner, et de savoir perdre à propos. Faites-vous aimer par tous les étrangers ; souffrez même quelque chose d'eux ; craignez d'exciter leur jalousie par votre hauteur : soyez constant dans les règles du commerce ; qu'elles soient simples et faciles : accoutumez vos peuples à les suivre inviolablement : punissez sévèrement la fraude et même la négligence ou le faste des marchands, qui ruinent le commerce en ruinant les hommes qui le font. Surtout n'entreprenez jamais de gêner le commerce pour le tourner selon vos vues. Il faut que le prince ne s'en mêle point, de peur de le gêner, et qu'il en laisse tout le profit à ses sujets qui en ont la peine : autrement il les découragera : il en tirera assez d'avantages par les grandes richesses qui entreront dans ses États. Le commerce est comme certaines sources : si vous voulez détourner leur cours, vous les faites tarir. Il n'y a que le profit et la commodité qui attirent les étrangers chez vous ; si vous leur rendez le commerce moins commode et moins utile, ils se retirent insensiblement, et ne reviennent plus, parce que d'autres peuples, profitant de votre imprudence, les attirent chez eux, et les accoutument à se passer de vous. Il faut même vous avouer que depuis quelque temps la gloire de Tyr est bien obscurcie. Oh ! si vous l'aviez vue, mon cher Télémaque, avant le règne de Pygmalion, vous auriez été bien plus étonné ! Vous ne trouvez plus maintenant ici que les tristes restes d'une grandeur qui menace ruine. Ô malheureuse Tyr ! en quelles mains es-tu tombée ! autrefois la mer t'apportait le tribut de tous les peuples de la terre.

Pygmalion craint tout et des étrangers et de ses sujets. Au lieu d'ouvrir, suivant notre ancienne coutume, ses ports à toutes les nations les plus éloignées, dans une entière liberté, il veut savoir le nombre des vaisseaux qui arrivent, leur pays, les noms des hommes qui y sont, leur genre de commerce, la nature et le prix de leurs marchandises, et le temps qu'ils doivent demeurer ici. Il fait encore pis ; car il use de supercherie pour surprendre les marchands, et pour confisquer leurs marchandises. Il inquiète les marchands qu'il croit les plus opulents ; il établit, sous divers prétextes, de nouveaux impôts. Il veut entrer lui-même dans le commerce ; et tout le monde craint d'avoir quelque affaire avec lui. Aussi le commerce languit ; les étrangers oublient peu à peu le chemin de Tyr, qui leur était autrefois si doux ; et, si Pygmalion ne change de conduite, notre gloire et notre puissance seront bientôt transportées à quelque autre peuple mieux gouverné que nous.

Je demandai ensuite à Narbal comment les Tyriens s'étaient rendus si puissants sur la mer : car je voulais n'ignorer rien de tout ce qui sert au gouvernement d'un royaume. Nous avons, me répondit-il, les forêts du Liban qui fournissent le bois des vaisseaux ; et nous les réservons avec soin pour cet usage : on n'en coupe jamais que pour les besoins publics. Pour la construction des vaisseaux, nous avons l'avantage d'avoir des ouvriers habiles. Comment, lui disais-je, avez-vous pu faire pour trouver ces ouvriers ?

Il me répondait : Ils se sont formés peu à peu dans le pays. Quand on récompense bien ceux qui excellent dans les arts, on est sûr d'avoir bientôt des hommes qui les mènent à leur dernière perfection ; car les hommes qui ont le plus de sagesse et de talent ne manquent point de s'adonner aux arts auxquels les grandes récompenses sont attachées. Ici on traite avec honneur tous ceux qui réussissent dans les arts et dans les sciences utiles à la navigation. On considère un bon géomètre ; on estime fort un habile astronome ; on comble de biens un pilote qui surpasse les autres dans sa fonction : on ne méprise point un bon charpentier ; au contraire, il est bien payé et bien traité. Les bons rameurs mêmes ont des récompenses sûres, et proportionnées à leurs services ; on les nourrit bien ; on a soin d'eux quand ils sont malades ; en leur absence, on a soin de leurs femmes et de leurs enfants ; s'ils périssent dans un naufrage, on dédommage leurs familles : on renvoie chez eux ceux qui ont servi un certain temps. Ainsi, on en a autant qu'on en veut : le père est ravi d'élever son fils dans un si bon métier ; et, dès sa plus tendre jeunesse, il se hâte de lui enseigner à manier la rame, à tendre les cordages, à mépriser les tempêtes. C'est ainsi qu'on mène les hommes, sans contrainte, par la récompense et par le bon ordre. L'autorité seule ne fait jamais bien ; la soumission des inférieurs ne suffit pas : il faut gagner les cœurs, et faire trouver aux hommes leur avantage pour les choses où l'on veut se servir de leur industrie.

Après ce discours, Narbal me mena visiter tous les magasins, les arsenaux, et tous les métiers qui servent à la construction des navires. Je demandais le détail des moindres choses, et j'écrivais tout ce que j'avais appris, de peur d'oublier quelque circonstance utile.

Cependant Narbal, qui connaissait Pygmalion, et qui m'aimait, attendait avec impatience mon départ, craignant que je ne fusse découvert par les espions du roi, qui allaient nuit et jour par toute la ville ; mais les vents ne nous permettaient point encore de nous embarquer. Pendant que nous étions occupés à visiter curieusement le port et à interroger divers marchands, nous vîmes venir à nous un officier de Pygmalion, qui dit à Narbal : Le roi vient d'apprendre d'un des capitaines de vaisseau qui sont revenus d'Égypte avec vous, que vous avez mené d'Égypte un étranger qui passe pour Chyprien ; le roi veut qu'on l'arrête et qu'on sache certainement de quel pays il est ; vous en répondrez sur votre tête. Dans ce moment, je m'étais un peu éloigné pour regarder de plus près les proportions que les Tyriens avaient gardées dans la construction d'un vaisseau presque neuf, qui était, disait-on, par cette proportion si exacte de toutes ses parties, le meilleur voilier qu'on eût jamais vu dans le port ; et j'interrogeais l'ouvrier qui avait réglé ces proportions.

Narbal, surpris et effrayé, répondit : Je vais chercher cet étranger, qui est de l'île de Chypre. Quand il eut perdu de vue cet officier, il courut vers moi pour m'avertir du danger où j'étais. Je ne l'avais que trop prévu, me dit-il, mon cher Télémaque, nous sommes perdus ! Le roi, que sa défiance tourmente jour et nuit, soupçonne que vous n'êtes pas de l'île de Chypre ; il ordonne qu'on vous arrête ; il veut me faire périr, si je ne vous mets entre ses mains. Que ferons-nous ? Ô dieux, donnez-nous la sagesse pour nous tirer de ce péril. Il faudra, Télémaque, que je vous mène au palais du roi. Vous soutiendrez que vous êtes Chyprien, de la ville d'Amathonte, fils d'un statuaire de Vénus. Je déclarerai que j'ai connu autrefois votre père, et peut-être que le roi, sans approfondir davantage, vous laissera partir. Je ne vois plus d'autre moyen de sauver votre vie et la mienne.

Je répondis à Narbal : Laissez périr un malheureux que le destin veut perdre. Je sais mourir, Narbal, et je vous dois trop pour vouloir vous entraîner dans mon malheur. Je ne puis me résoudre à mentir ; je ne suis pas Chyprien, et je ne saurais dire que je le suis. Les dieux voient ma sincérité ; c'est à eux à conserver ma vie par leur puissance, s'ils le veulent, mais je ne veux point la sauver par un mensonge.

Narbal me répondait : Ce mensonge, Télémaque, n'a rien qui ne soit innocent ; les dieux mêmes ne peuvent te condamner : il ne fait aucun mal à personne ; il sauve la vie à deux innocents ; il ne trompe le roi que pour l'empêcher de faire un grand crime. Vous poussez trop loin l'amour de la vertu et la crainte de blesser la religion.

Il suffit, lui disais-je, que le mensonge soit mensonge pour n'être pas digne d'un homme qui parle en présence des dieux et qui doit tout à la vérité. Celui qui blesse la vérité offense les dieux et se blesse soi-même, car il parle contre sa conscience. Cessez, Narbal, de me proposer ce qui est indigne de vous et de moi. Si les dieux ont pitié de nous, ils sauront bien nous délivrer ; s'ils veulent nous laisser périr, nous serons, en mourant, les victimes de la vérité, et nous laisserons aux hommes l'exemple de préférer la vertu sans tache à une longue vie : la mienne n'est déjà que trop longue, étant si malheureuse. C'est vous seul, ô mon cher Narbal, pour qui mon cœur s'attendrit. Fallait-il que votre amitié pour un malheureux étranger vous fût si funeste ?

Nous demeurâmes longtemps dans cette espèce de combat ; mais enfin nous vîmes arriver un homme qui courait hors d'haleine ; c'était un autre officier du roi, qui venait de la part d'Astarbé. Cette femme était belle comme une déesse ; elle joignait aux charmes du corps tous ceux de l'esprit ; elle était enjouée, flatteuse, insinuante. Avec tant de charmes trompeurs, elle avait, comme les Sirènes, un cœur cruel et plein de malignité ; mais elle savait cacher ses sentiments corrompus par un profond artifice. Elle avait su gagner le cœur de Pygmalion par sa beauté, par son esprit, par sa douce voix et par l'harmonie de sa lyre *. Pygmalion, aveuglé par un violent amour pour elle, avait abandonné la reine Topha, son épouse. Il ne songeait qu'à contenter toutes les passions de l'ambitieuse Astarbé ; l'amour de cette femme ne lui était guère moins funeste que son infâme avarice. Mais quoiqu'il eût tant de passion pour elle, elle n'avait pour lui que du mépris et du dégoût ; elle cachait ses vrais sentiments ; et elle faisait semblant de ne vouloir vivre que pour lui, dans le même temps où elle ne pouvait le souffrir.

Il y avait à Tyr un jeune Lydien nommé Malachon, d'une merveilleuse beauté, mais mou, efféminé, noyé dans les plaisirs. Il ne songeait qu'à conserver la délicatesse de son teint, qu'à peigner ses cheveux blonds flottants sur ses épaules, qu'à se parfumer, qu'à donner un tour gracieux aux plis de sa robe, enfin qu'à chanter ses amours sur sa lyre. Astarbé le vit ; elle l'aima et devint furieuse. Il la méprisa, parce qu'il était passionné pour une autre femme ; d'ailleurs, il craignit de s'exposer à la cruelle jalousie du roi. Astarbé se sentant méprisée, s'abandonna à son ressentiment. Dans son désespoir, elle s'imagina qu'elle pouvait faire passer Malachon pour l'étranger que le roi faisait chercher et qu'on disait qui était venu avec Narbal. En effet, elle le persuada à Pygmalion et corrompit tous ceux qui auraient pu le détromper. Comme il n'aimait point les hommes vertueux et qu'il ne savait point les discerner, il n'était environné que de gens intéressés, artificieux, prêts à exécuter ses ordres injustes et sanguinaires. Ce telles gens craignaient l'autorité d'Astarbé, et ils lui aidaient à tromper le roi, de peur de déplaire à cette femme hautaine qui avait toute sa confiance. Ainsi Malachon, quoique connu pour Lydien dans toute la ville, passa pour le jeune étranger que Narbal avait emmené d'Égypte : il fut mis en prison.

Astarbé, qui craignait que Narbal n'allât parler au roi, et ne découvrît son imposture, envoyait en diligence à Narbal cet officier, qui lui dit ces paroles : Astarbé vous défend de découvrir au roi quel est votre étranger : elle ne vous demande que le silence, et elle saura bien faire en sorte que le roi soit content de vous ; cependant, hâtez-vous de faire embarquer avec les Chypriens le jeune étranger que vous avez emmené d'Égypte, afin qu'on ne le voie plus dans la ville. Narbal, ravi de pouvoir ainsi sauver sa vie et la mienne, promit de se taire, et l'officier, satisfait d'avoir obtenu ce qu'il demandait, s'en retourna rendre compte à Astarbé de sa commission.

Narbal et moi, nous admirâmes la bonté des dieux, qui récompensaient notre sincérité et qui ont un soin si touchant de ceux qui hasardent tout pour la vertu. Nous regardions avec horreur un roi livré à l'avarice et à la volupté. Celui qui craint avec tant d'excès d'être trompé, disions-nous, mérite de l'être, et l'est presque toujours grossièrement. Il se défie des gens de bien, et il s'abandonne à des scélérats ; il est le seul qui ignore ce qui se passe. Voyez Pygmalion ; il est le jouet d'une femme sans pudeur. Cependant les dieux se servent du mensonge des méchants pour sauver les bons, qui aiment mieux perdre la vie que de mentir.

En même temps, nous aperçûmes que les vents changeaient et qu'ils devenaient favorables aux vaisseaux de Chypre. Les dieux se déclarent, s'écria Narbal ; ils veulent, mon cher Télémaque, vous mettre en sûreté : fuyez cette terre cruelle et maudite ! Heureux qui pourrait vous suivre jusque dans les rivages les plus inconnus ! heureux qui pourrait vivre et mourir avec vous ! Mais un destin sévère m'attache à cette malheureuse patrie ; il faut souffrir avec elle ; peut-être faudra-t-il être enseveli dans ses ruines ; n'importe, pourvu que je dise toujours la vérité et que mon cœur n'aime que la justice. Pour vous, ô mon cher Télémaque, je pris les dieux, qui vous conduisent comme par la main, de vous accorder le plus précieux de tous leurs dons, qui est la vertu pure et sans tache, jusqu'à la mort. Vivez, retournez en Ithaque, consolez Pénélope, délivrez-la de ses téméraires amants. Que vos yeux puissent voir, que vos mains puissent embrasser le sage Ulysse, et qu'il trouve en vous un fils qui égale sa sagesse ! Mais, dans votre bonheur, souvenez-vous du malheureux Narbal, et ne cessez jamais de m'aimer.

Quand il eut achevé ces paroles, je l'arrosai de mes larmes sans lui répondre ; de profonds soupirs m'empêchaient de parler ; nous nous embrassions en silence. Il me mena jusqu'au vaisseau ; il demeura sur le rivage ; et, quand le vaisseau fut parti, nous ne cessions de nous regarder tandis que nous pûmes nous voir.

Livre quatrième

SOMMAIRE

Télémaque reprend le récit de ses aventures. – Il raconte que, dans sa traversée de Tyr à l'île de Chypre, il eut un songe qui lui montrait Vénus et Cupidon l'invitant au plaisir. – Minerve lui apparut aussi, le couvrant de son égide ; enfin il vit Mentor qui l'exhortait à fuir de l'île de Chypre. À son réveil, les Chypriens, noyés dans le vin, sont surpris par une affreuse tempête. – Le vaisseau eût péri, si Télémaque n'eût pris en main le gouvernail. – Arrivée dans l'île de Chypre. – Peinture des mœurs voluptueuses des habitants, du culte rendu à Vénus et des impressions funestes qu'en reçoit Télémaque. – Il retrouve là Mentor dont les conseils le délivrent d'un si grand danger. – Le Syrien Hazaël, à qui Mentor avait été vendu, rend à Télémaque son sage conducteur, – Hazaël s'embarque avec eux pour l'île de Crète. – Ils voient dans ce trajet le beau spectacle d'Amphitrite trainée dans son char par des chevaux marins.

Calypso, qui avait été jusqu'à ce moment immobile et transportée de plaisir en écoutant les aventures de Télémaque, l'interrompit pour lui faire prendre quelque repos. Il est temps, lui dit-elle, que vous alliez goûter la douceur du sommeil après tant de travaux. Vous n'avez rien à craindre ici ; tout vous est favorable. Abandonnez-vous donc à la joie ; goûtez la paix et tous les autres dons des dieux, dont vous allez être comblé. Demain, quand l'Aurore avec ses doigts de roses entrouvrira les portes dorées de l'orient, et que les chevaux du Soleil, sortant de l'onde amère, répandront les flammes du jour pour chasser devant eux toutes les étoiles du ciel, nous reprendrons, mon cher Télémaque, l'histoire de vos malheurs. Jamais votre père n'a égalé votre sagesse et votre courage : ni Achille, vainqueur d'Hector, ni Thésée, revenu des enfers, ni même le grand Alcide, qui a purgé la terre de tant de monstres, n'ont fait voir autant de force et de vertu que vous. Je souhaite qu'un profond sommeil vous rende cette nuit courte. Mais, hélas ! qu'elle sera longue pour moi ! qu'il me tardera de vous revoir, de vous entendre, de vous faire redire ce que je sais déjà, et de vous demander ce que je ne sais pas encore ! Allez, mon cher Télémaque, avec le sage Mentor, que les dieux vous ont rendu ; allez dans cette grotte écartée, où tout est préparé pour votre repos. Je prie Morphée de répandre ses plus doux charmes sur vos paupières appesanties, de faire couler une vapeur divine dans tous vos membres fatigués, et de vous envoyer des songes légers, qui, voltigeant autour de vous, flattent vos sens par les images les plus riantes, et repoussent loin de vous tout ce qui pourrait vous réveiller trop promptement.

La déesse conduisit elle-même Télémaque dans cette grotte séparée de la sienne. Elle n'était ni moins rustique ni moins agréable. Une fontaine, qui coulait dans un coin, y faisait un doux murmure qui appelait le sommeil. Les nymphes y avaient préparé deux lits d'une molle verdure, sur lesquels elles avaient étendu deux grandes peaux, l'une de lion pour Télémaque, et l'autre d'ours pour Mentor.

Avant que de laisser fermer ses yeux au sommeil, Mentor parla ainsi à Télémaque : Le plaisir de raconter vos histoires vous a entraîné ; vous avez charmé la déesse en lui expliquant les dangers dont votre courage et votre industrie vous ont tiré : par là vous n'avez fait qu'enflammer davantage son cœur, et que vous préparer une plus dangereuse captivité. Comment espérez-vous qu'elle vous laisse maintenant sortir de son île, vous qui l'avez enchantée par le récit de vos aventures ? L'amour d'une vaine gloire vous a fait parler sans prudence. Elle s'était engagée à vous raconter des histoires, et à vous apprendre quelle a été la destinée d'Ulysse ; elle a trouvé moyen de parler longtemps sans rien dire ; et elle vous a engagé à lui expliquer tout ce qu'elle désire savoir : tel est l'art des femmes flatteuses et passionnées. Quand est-ce, ô Télémaque, que vous serez assez sage pour ne parler jamais par vanité, et que vous saurez taire tout ce qui vous est avantageux, quand il n'est pas utile à dire ? Les autres admirent votre sagesse dans un âge où il est pardonnable d'en manquer : pour moi, je ne puis vous pardonner rien : je suis le seul qui vous connais, et qui vous aime assez pour vous avertir de toutes vos fautes. Combien êtes-vous encore éloigné de la sagesse de votre père !

Quoi donc ! répondit Télémaque, pouvais-je refuser à Calypso de lui raconter mes malheurs ? Non, reprit Mentor, il fallait les lui raconter : mais vous deviez le faire en ne lui disant que ce qui pouvait lui donner de la compassion. Vous pouviez dire que vous aviez été, tantôt errant, tantôt captif en Sicile, et puis en Égypte. C'était lui dire assez : et tout le reste n'a servi qu'à augmenter le poison qui brûle déjà son cœur. Plaise aux dieux que le vôtre puisse s'en préserver ! Mais que ferai-je donc ? continua Télémaque, d'un ton modéré et docile. Il n'est plus temps, repartit Mentor, de lui cacher ce qui reste de vos aventures : elle en sait assez pour ne pouvoir être trompée sur ce qu'elle ne sait pas encore ; votre réserve ne servirait qu'à l'irriter. Achevez donc demain de lui raconter tout ce que les dieux ont fait en votre faveur, et apprenez une autre fois à parler plus sobrement de tout ce qui peut vous attirer quelque louange. Télémaque reçut avec amitié un si bon conseil, et ils se couchèrent.

Aussitôt que Phébus eut répandu ses premiers rayons sur la terre, Mentor, entendant la voix de la déesse qui appelait ses nymphes dans le bois, éveilla Télémaque. Il est temps, lui dit-il, de vaincre le sommeil. Allons retrouver Calypso : mais défiez-vous de ses douces paroles ; ne lui ouvrez jamais votre cœur ; craignez le poison flatteur de ses louanges. Hier elle vous éleva au-dessus de votre sage père, de l'invincible Achille et du fameux Thésée, d'Hercule devenu immortel. Sentîtes-vous combien cette louange est excessive ? Crûtes-vous ce qu'elle disait ? Sachez qu'elle ne le croit pas elle-même : elle ne vous loue qu'à cause qu'elle vous croit faible, et assez vain pour vous laisser tromper par des louanges disproportionnées à vos actions.

Après ces paroles, ils allèrent au lieu où la déesse les attendait. Elle sourit en les voyant, et cacha, sous une apparence de joie, la crainte et l'inquiétude qui troublaient son cœur, car elle prévoyait que Télémaque, conduit par Mentor, lui échapperait de même qu'Ulysse. Hâtez-vous, dit-elle, mon cher Télémaque, de satisfaire ma curiosité : j'ai cru, pendant toute la nuit, vous voir partir de Phénicie et chercher une nouvelle destinée dans l'île de Chypre. Dites-nous donc quel fut ce voyage, et ne perdons pas un moment. Alors on s'assit sur l'herbe semée de violettes, à l'ombre d'un bocage épais.

Calypso ne pouvait s'empêcher de jeter sans cesse des regards tendres et passionnés sur Télémaque, et de voir avec indignation que Mentor observait jusqu'aux moindres mouvements de ses yeux. Cependant toutes les nymphes en silence se penchaient pour prêter l'oreille, et faisaient une espèce de demi-cercle pour mieux voir et pour mieux écouter : les yeux de toute l'assemblée étaient immobiles et attachés sur le jeune homme *. Télémaque, baissant les yeux, et rougissant avec beaucoup de grâce, reprit ainsi la suite de son histoire :

À peine le doux souffle d'un vent favorable avait rempli nos voiles *, que la terre de Phénicie disparut à nos yeux. Comme j'étais avec les Chypriens, dont j'ignorais les mœurs, je me résolus de me taire, de remarquer tout, et d'observer toutes les règles de la discrétion pour gagner leur estime. Mais, pendant mon silence, un sommeil doux et puissant vint me saisir : mes sens étaient liés et suspendus ; je goûtais une paix et une joie profonde qui enivrait mon cœur.

Tout à coup, je crus voir Vénus qui fendait les nues dans son char volant conduit par deux colombes. Elle avait cette éclatante beauté, cette vive jeunesse, ces grâces tendres, qui parurent en elle quand elle sortit de l'écume de l'Océan, et qu'elle éblouit les yeux de Jupiter même. Elle descendit tout à coup d'un vol rapide jusqu'auprès de moi, me mit en souriant la main sur l'épaule, et, me nommant par mon nom, prononça ces paroles : Jeune Grec, tu vas entrer dans mon empire ; tu arriveras bientôt dans cette île fortunée où les plaisirs, les ris et les jeux folâtres naissent sous mes pas. Là, tu brûleras des parfums sur mes autels ; là, je te plongerai dans un fleuve de délices. Ouvre ton cœur aux plus douces espérances, et garde-toi bien de résister à la plus puissante de toutes les déesses, qui veut te rendre heureux.

En même temps j'aperçus l'enfant Cupidon, dont les petites ailes s'agitant le faisaient voler autour de sa mère. Quoiqu'il eût sur son visage la tendresse, les grâces et l'enjouement de l'enfance, il avait je ne sais quoi dans ses yeux perçants qui me faisait peur. Il riait en me regardant ; son ris était malin, moqueur et cruel. Il tira de son carquois d'or la plus aiguë de ses flèches, il banda son arc, et allait me percer, quand Minerve se montra soudainement pour me couvrir de son égide. Le visage de cette déesse n'avait point cette beauté molle et cette langueur passionnée que j'avais remarquée dans le visage et dans la posture de Vénus. C'était au contraire une beauté simple, négligée, modeste ; tout était grave, vigoureux, noble, plein de force et de majesté. La flèche de Cupidon, ne pouvant percer l'égide, tomba par terre. Cupidon, indigné, en soupira amèrement ; il eut honte de se voir vaincu. Loin d'ici, s'écria Minerve, loin d'ici, téméraire enfant ! tu ne vaincras jamais que des âmes lâches, qui aiment mieux tes honteux plaisirs, que la sagesse, la vertu et la gloire. À ces mots, l'Amour irrité s'envola ; et Vénus remontant vers l'Olympe, je vis longtemps son char avec ses deux colombes dans une nuée d'or et d'azur ; puis elle disparut. En baissant mes yeux vers la terre, je ne retrouvai plus Minerve.

Il me sembla que j'étais transporté dans un jardin délicieux, tel qu'on dépeint les Champs-Élysées. En ce lieu je reconnus Mentor, qui me dit : Fuyez cette cruelle terre, cette île empestée, où l'on ne respire que la volupté. La vertu la plus courageuse y doit trembler, et ne se peut sauver qu'en fuyant. Dès que je le vis, je voulus me jeter à son cou pour l'embrasser ; mais je sentais que mes pieds ne pouvaient se mouvoir, que mes genoux se dérobaient sous moi, et que mes mains, s'efforçant de saisir Mentor, cherchaient une ombre vaine qui m'échappait toujours *. Dans cet effort je m'éveillai, et je sentis que ce songe mystérieux était un avertissement divin. Je me sentis plein de courage contre les plaisirs, et de défiance contre moi-même pour détester la vie molle des Chypriens. Mais ce qui me perça le cœur fut que je crus que Mentor avait perdu la vie, et qu'ayant passé les ondes du Styx, il habitait l'heureux séjour des âmes justes.

Cette pensée me fit répandre un torrent de larmes. On me demanda pourquoi je pleurais. Les larmes, répondis-je, ne conviennent que trop à un malheureux étranger qui erre sans espérance de revoir sa patrie. Cependant tous les Chypriens qui étaient dans le vaisseau s'abandonnaient à une folle joie. Les rameurs, ennemis du travail, s'endormaient sur leurs rames ; le pilote, couronné de fleurs, laissait le gouvernail, et tenait en sa main une grande cruche de vin qu'il avait presque vidée : lui et tous les autres, troublés par la fureur de Bacchus, chantaient, en l'honneur de Vénus et de Cupidon, des vers qui devaient faire horreur à tous ceux qui aiment la vertu.

Pendant qu'ils oubliaient ainsi les dangers de la mer, une soudaine tempête troubla le ciel et la mer. Les vents déchaînés mugissaient avec fureur dans les voiles * ; les ondes noires battaient les flancs du navire, qui gémissait sous leurs coups. Tantôt nous montions sur le dos des vagues enflées ; tantôt la mer semblait se dérober sous le navire, et nous précipiter dans l'abîme. Nous apercevions auprès de nous des rochers contre lesquels les flots irrités se brisaient avec un bruit horrible. Alors je compris par expérience ce que j'avais ouï dire à Mentor, que les hommes mous et abandonnés aux plaisirs manquent de courage dans les dangers. Tous nos Chypriens abattus pleuraient comme des femmes ; je n'entendais que des cris pitoyables, que des regrets sur les délices de la vie, que de vaines promesses aux dieux pour leur faire des sacrifices, si on pouvait arriver au port. Personne ne conservait assez de présence d'esprit, ni pour ordonner les manœuvres, ni pour les faire. Il me parut que je devais, en sauvant ma vie, sauver celle des autres. Je pris le gouvernail en main, parce que le pilote, troublé par le vin, comme une bacchante, était hors d'état de connaître le danger du vaisseau. J'encourageai les matelots effrayés ; je leur fis abaisser les voiles : ils ramèrent vigoureusement ; nous passâmes au travers des écueils, et nous vîmes de près toutes les horreurs de la mort.

Cette aventure parut comme un songe à tous ceux qui me devaient la conservation de leur vie ; ils me regardaient avec étonnement. Nous arrivâmes dans l'île de Chypre au mois du printemps qui est consacré à Vénus. Cette saison, disent les Chypriens, convient à cette déesse ; car elle semble ranimer toute la nature, et faire naître les plaisirs comme les fleurs.

En arrivant dans l'île, je sentis un air doux qui rendait les corps lâches et paresseux, mais qui inspirait une humeur enjouée et folâtre. Je remarquai que la campagne, naturellement fertile et agréable, était presque inculte, tant les habitants étaient ennemis du travail. Je vis de tous côtés des femmes et des jeunes filles, vainement parées, qui allaient, en chantant les louanges de Vénus, se dévouer à son temple. La beauté, les grâces, la joie, les plaisirs éclataient également sur leurs visages : mais les grâces y étaient affectées ; on n'y voyait point une noble simplicité et une pudeur aimable, qui fait le plus grand charme de la beauté. L'air de mollesse, l'art de composer leurs visages, leur parure vaine, leur démarche languissante, leurs regards qui semblaient chercher ceux des hommes, leur jalousie entre elles pour allumer de grandes passions ; en un mot, tout ce que je voyais dans ces femmes me semblait vil et méprisable : à force de vouloir plaire, elles me dégoûtaient.

On me conduisit au temple de la déesse : elle en a plusieurs dans cette île, car elle est particulièrement adorée à Cythère, à Idalie, et à Paphos. C'est à Cythère que je fus conduit. Le temple est tout de marbre : c'est un parfait péristyle ; les colonnes sont d'une grosseur et d'une hauteur qui rendent cet édifice très majestueux ; au-dessus de l'architrave et de la frise sont à chaque face de grands frontons où l'on voit en bas-relief toutes les plus agréables aventures de la déesse. À la porte du temple est sans cesse une foule de peuples qui viennent faire leurs offrandes. On n'égorge jamais dans l'enceinte du lieu sacré aucune victime ; on n'y brûle point, comme ailleurs, la graisse des génisses et des taureaux ; on ne répand jamais leur sang : on présente seulement devant l'autel les bêtes qu'on offre, et on n'en peut offrir aucune qui ne soit jeune, blanche, sans défaut et sans tache. On les couvre de bandelettes de pourpre brodées d'or ; leurs cornes sont dorées, et ornées de bouquets des fleurs les plus odoriférantes. Après qu'elles ont été présentées devant l'autel, on les renvoie dans un lieu écarté, où elles sont égorgées pour les festins des prêtres de la déesse.

On offre aussi toute sorte de liqueurs parfumées, et du vin plus doux que le nectar. Les prêtres sont revêtus de longues robes blanches, avec des ceintures d'or, et des franges de même au bas de leurs robes. On brûle nuit et jour, sur les autels, les parfums les plus exquis de l'Orient, et ils forment une espèce de nuage qui monte vers le ciel. Toutes les colonnes du temple sont ornées de festons pendants ; tous les vases qui servent aux sacrifices sont d'or ; un bois sacré de myrtes environne le bâtiment. Il n'y a que de jeunes garçons et de jeunes filles d'une rare beauté qui puissent présenter les victimes aux prêtres, et qui osent allumer le feu des autels. Mais l'impudence et la dissolution déshonorent un temple si magnifique.

D'abord, j'eus horreur de tout ce que je voyais ; mais insensiblement je commençais à m'y accoutumer. Le vice ne m'effrayait plus ; toutes les compagnies m'inspiraient je ne sais quelle inclination pour le désordre : on se moquait de mon innocence ; ma retenue et ma pudeur servaient de jouet à ces peuples effrontés. On n'oubliait rien pour exciter toutes mes passions, pour me tendre des pièges, et pour réveiller en moi le goût des plaisirs. Je me sentais affaiblir tous les jours ; la bonne éducation que j'avais reçue ne me soutenait presque plus ; toutes mes bonnes résolutions s'évanouissaient. Je ne me sentais plus la force de résister au mal qui me pressait de tous côtés ; j'avais même une mauvaise honte de la vertu. J'étais comme un homme qui nage dans une rivière profonde et rapide : d'abord il fend les eaux, et remonte contre le torrent ; mais si les bords sont escarpés, et s'il ne peut se reposer sur le rivage, il se lasse enfin peu à peu ; sa force l'abandonne, ses membres épuisés s'engourdissent, et le cours du fleuve l'entraîne *. Ainsi, mes yeux commençaient à s'obscurcir, mon cœur tombait en défaillance ; je ne pouvais plus rappeler ni ma raison ni le souvenir des vertus de mon père. Le songe où je croyais avoir vu le sage Mentor descendu aux Champs-Élysées achevait de me décourager : une secrète et douce langueur s'emparait de moi ; j'aimais déjà le poison flatteur qui se glissait de veine en veine, et qui pénétrait jusqu'à la moelle de mes os. Je poussais néanmoins encore de profonds soupirs ; je versais des larmes amères ; je rougissais comme un lion, dans ma fureur. Ô malheureuse jeunesse ! disais-je : ô dieux, qui vous jouez cruellement des hommes, pourquoi les faites-vous passer par cet âge, qui est un temps de folie et de fièvre ardente ! Ô que ne suis-je couvert de cheveux blancs, courbé et proche du tombeau, comme Laërte mon aïeul ! La mort me serait plus douce que la faiblesse honteuse où je me vois.

À peine avais-je ainsi parlé que ma douleur s'adoucissait, et que mon cœur, enivré d'une folle passion, secouait presque toute pudeur ; puis je me voyais replongé dans un abîme de remords. Pendant ce trouble, je courais errant çà et là dans le sacré bocage, semblable à une biche qu'un chasseur a blessée : elle court au travers des vastes forêts pour soulager sa douleur ; mais la flèche qui l'a percée dans le flanc la suit partout ; elle porte partout avec elle le trait meurtrier *. Ainsi je courais en vain pour m'oublier moi-même et rien n'adoucissait la plaie de mon cœur.

En ce moment, j'aperçus assez loin de moi, dans l'ombre épaisse de ce bois, la figure du sage Mentor ; mais son visage me parut si pâle, si triste, si austère, que je ne pus en ressentir aucune joie. Est-ce donc vous, m'écriai-je, ô mon cher ami, mon unique espérance ? est-ce vous ? quoi donc ! est-ce vous-même ? une image trompeuse ne vient-elle point abuser mes yeux ? est-ce vous, Mentor ? n'est-ce point votre ombre encore sensible à mes maux ? n'êtes-vous point au rang des âmes heureuses qui jouissent de leur vertu, et à qui les dieux donnent des plaisirs purs dans une éternelle paix aux Champs-Élysées ? Parlez, Mentor ; vivez-vous encore ? Suis-je assez heureux pour vous posséder ? ou bien n'est-ce qu'une ombre de mon ami ? En disant ces paroles, je courais vers lui, tout transporté jusqu'à perdre la respiration ; il m'attendait tranquillement sans faire un pas vers moi. Ô dieux, vous le savez, quelle fut ma joie quand je sentis que mes mains le touchaient ! Non, ce n'est pas une vaine ombre ! je le tiens ! je l'embrasse, mon cher Mentor ! C'est ainsi que je m'écriai. J'arrosai son visage d'un torrent de larmes ; je demeurais attaché à son cou sans pouvoir parler. Il me regardait tristement avec des yeux pleins d'une tendre compassion.

Enfin je lui dis : Hélas ! d'où venez-vous ? en quels dangers ne m'avez-vous point laissé pendant votre absence ! et que ferais-je maintenant sans vous ? Mais sans répondre à mes questions : Fuyez ! me dit-il d'un ton terrible : fuyez, hâtez-vous de fuir ! Ici la terre ne porte pour fruit que du poison ; l'air qu'on y respire est empesté ; les hommes contagieux ne se parlent que pour se communiquer un venin mortel. La volupté lâche et infâme, qui est le plus horrible des maux sortis de la boîte de Pandore, amollit tous les cœurs, et ne souffre ici aucune vertu. Fuyez ! que tardez-vous ? ne regardez pas même derrière vous en fuyant ; effacez jusques au moindre souvenir de cette île exécrable.

Il dit, et aussitôt je sentis comme un nuage épais qui se dissipait sur mes yeux, et qui me laissait voir la pure lumière : une joie douce et pleine d'un ferme courage renaissait dans mon cœur. Cette joie était bien différente de cette autre joie molle et folâtre dont mes sens avaient été d'abord empoisonnés : l'une est une joie d'ivresse et de trouble, qui est entrecoupée de passions furieuses et de cuisants remords ; l'autre est une joie de raison, qui a quelque chose de bienheureux et de céleste ; elle est toujours pure et égale, rien ne peut l'épuiser ; plus on s'y plonge, plus elle est douce ; elle ravit l'âme sans la troubler. Alors je versai des larmes de joie, et je trouvais que rien n'était si doux que de pleurer ainsi. Ô heureux, disais-je, les hommes à qui la vertu se montre dans toute sa beauté ! peut-on la voir sans l'aimer ! peut-on l'aimer sans être heureux !

Mentor me dit : Il faut que je vous quitte ; je pars dans ce moment ; il ne m'est pas permis de m'arrêter. Où allez-vous donc ? lui répondis-je : en quelle terre inhabitable ne vous suivrai-je point ? Ne croyez pas pouvoir m'échapper, je mourrai plutôt sur vos pas. En disant ces paroles, je le tenais serré de toute ma force. C'est en vain, me dit-il, que vous espérez de me retenir. Le cruel Méthophis me vendit à des Éthiopiens ou Arabes. Ceux-ci, étant allés à Damas, en Syrie, pour leur commerce, voulurent se défaire de moi, croyant en tirer une grande somme d'un nommé Hazaël, qui cherchait un esclave grec pour connaître les mœurs de la Grèce, et pour s'instruire de nos sciences.

En effet, Hazaël m'acheta chèrement. Ce que je lui ai appris de nos mœurs lui a donné la curiosité de passer dans l'île de Crète pour étudier les sages lois de Minos. Pendant notre navigation, les vents nous ont contraints de relâcher dans l'île de Chypre. En attendant un vent favorable, il est venu faire ses offrandes au temple : le voilà qui en sort ; les vents nous appellent ; déjà nos voiles s'enflent. Adieu, cher Télémaque : un esclave qui craint les dieux doit suivre fidèlement son maître. Les dieux ne me permettent plus d'être à moi : si j'étais à moi, ils le savent, je ne serais qu'à vous seul. Adieu : souvenez-vous des travaux d'Ulysse et des larmes de Pénélope ; souvenez-vous des justes dieux. Ô dieux, protecteurs de l'innocence, en quelle terre suis-je contraint de laisser Télémaque !

Non, non, lui dis-je, mon cher Mentor, il ne dépendra pas de vous de me laisser ici : plutôt mourir que de vous voir partir sans moi. Ce maître syrien est-il impitoyable ? est-ce une tigresse dont il a sucé les mamelles dans son enfance * ? voudra-t-il vous arracher d'entre mes bras ? Il faut qu'il me donne la mort ou qu'il souffre que je vous suive. Vous m'exhortez vous-même à fuir et vous ne voulez pas que je fuie en suivant vos pas ! Je vais parler à Hazaël ; il aura pitié de ma jeunesse et de mes larmes : puisqu'il aime la sagesse et qu'il va si loin la chercher, il ne peut avoir un cœur féroce et insensible. Je me jetterai à ses pieds, j'embrasserai ses genoux, je ne le laisserai point aller qu'il ne m'ait accordé de vous suivre. Mon cher Mentor, je me ferai esclave avec vous ; je lui offrirai de me donner à lui : s'il me refuse, c'est fait de moi, je me délivrerai de la vie.

Dans ce moment Hazaël appela Mentor ; je me prosternai devant lui. Il fut surpris de voir un inconnu en cette posture. Que voulez-vous ? me dit-il. La vie, répondis-je ; car je ne puis vivre, si vous ne souffrez que je suive Mentor, qui est à vous. Je suis le fils du grand Ulysse, le plus sage des rois de la Grèce qui ont renversé la superbe ville de Troie, fameuse dans toute l'Asie. Je ne vous dis point ma naissance pour me vanter, mais seulement pour vous inspirer quelque pitié de mes malheurs. J'ai cherché mon père par toutes les mers, ayant avec moi cet homme, qui était pour moi un autre père. La fortune, pour comble de maux, me l'a enlevé ; elle l'a fait votre esclave : souffrez que je le sois aussi. S'il est vrai que vous aimiez la justice, et que vous alliez en Crète pour apprendre les lois du bon roi Minos, n'endurcissez point votre cœur contre mes soupirs et contre mes larmes. Vous voyez le fils d'un roi, qui est réduit à demander la servitude comme son unique ressource. Autrefois j'ai voulu mourir en Sicile pour éviter l'esclavage ; mais mes premiers malheurs n'étaient que de faibles essais des outrages de la fortune : maintenant je crains de ne pouvoir être reçu parmi vos esclaves. Ô dieux, voyez mes maux ; ô Hazaël, souvenez-vous de Minos, dont vous admirez la sagesse, et qui nous jugera tous deux dans le royaume de Pluton.

Hazaël, me regardant avec un visage doux et humain, me tendit la main, et me releva. Je n'ignore pas, me dit-il, la sagesse et la vertu d'Ulysse ; Mentor m'a raconté souvent quelle gloire il a acquise parmi les Grecs ; et d'ailleurs la prompte renommée a fait entendre son nom à tous les peuples de l'Orient. Suivez-moi, fils d'Ulysse ; je serai votre père, jusqu'à ce que vous ayez retrouvé celui qui vous a donné la vie. Quand même je ne serais pas touché de la gloire de votre père, de ses malheurs et des vôtres, l'amitié que j'ai pour Mentor m'engagerait à prendre soin de vous. Il est vrai que je l'ai acheté comme esclave, mais je le garde comme un ami fidèle ; l'argent qu'il m'a coûté m'a acquis le plus cher et le plus précieux ami que j'aie sur la terre. J'ai trouvé en lui la sagesse ; je lui dois tout ce que j'ai d'amour pour la vertu. Dès ce moment, il est libre ; vous le serez aussi : je ne vous demande, à l'un et à l'autre, que votre cœur.

En un instant je passai de la plus amère douleur à la plus vive joie que les mortels puissent sentir. Je me voyais sauvé d'un horrible danger, je me rapprochais de mon pays, je trouvais un secours pour y retourner ; je goûtais la consolation d'être auprès d'un homme qui m'aimait déjà, par le pur amour de la vertu ; enfin je retrouvais tout, en retrouvant Mentor pour ne plus le quitter.

Hazaël s'avance sur le sable du rivage, nous le suivons ; on entre dans le vaisseau, les rameurs fendent les ondes paisibles ; un zéphyr léger se joue de nos voiles, il anime tout le vaisseau, et lui donne un doux mouvement. L'île de Chypre disparaît bientôt. Hazaël, qui avait impatience de connaître mes sentiments, me demanda ce que je pensais des mœurs de cette île. Je lui dis ingénument en quel danger ma jeunesse avait été exposée, et le combat que j'avais souffert au-dedans de moi. Il fut touché de mon horreur pour le vice, et dit ces paroles : Ô Vénus, je reconnais votre puissance et celle de votre fils ; j'ai brûlé de l'encens sur vos autels ; mais souffrez que je déteste l'infâme mollesse des habitants de votre île, et l'impudence brutale avec laquelle ils célèbrent vos fêtes.

Ensuite il s'entretenait avec Mentor de cette première puissance qui a formé le ciel et la terre ; de cette lumière simple, infinie, et immuable, qui se donne à tous sans se partager ; de cette vérité souveraine et universelle qui éclaire tous les esprits, comme le soleil éclaire tous les corps. Celui, ajoutait-il, qui n'a jamais vu cette lumière pure est aveugle comme un aveugle-né ; il passe sa vie dans une profonde nuit, comme les peuples que le soleil n'éclaire point pendant plusieurs mois de l'année ; il croit être sage, et il est insensé ; il croit tout voir, et il ne voit rien ; il meurt, n'ayant jamais rien vu ; tout au plus il aperçoit de sombres et fausses lueurs, de vaines ombres, des fantômes qui n'ont rien de réel. Ainsi sont tous les hommes, entraînés par le charme de l'imagination. Il n'y a point sur la terre de véritables hommes, excepté ceux qui consultent, qui aiment, qui suivent cette raison éternelle ; c'est elle qui nous inspire quand nous pensons bien ; c'est elle qui nous reprend quand nous pensons mal. Nous ne tenons pas moins d'elle la raison que la vie. Elle est comme un grand océan de lumière : nos esprits sont comme de petits ruisseaux qui en sortent, et qui y retournent pour s'y perdre. Quoique je ne comprisse point encore parfaitement la profonde sagesse de ces discours, je ne laissais pas d'y goûter je ne sais quoi de pur et de sublime ; mon cœur en était échauffé, et la vérité me semblait reluire dans toutes ces paroles. Ils continuèrent à parler de l'origine des dieux, des héros, des poètes, de l'âge d'or, du déluge, des premières histoires du genre humain, du fleuve d'oubli où se plongent les âmes des morts, des peines éternelles préparées aux impies dans le gouffre noir du Tartare, et de cette heureuse paix dont jouissent les justes dans les Champs-Élysées, sans crainte de pouvoir la perdre.

Pendant qu'Hazaël et Mentor parlaient, nous aperçûmes des dauphins couverts d'une écaille qui paraissait d'or et d'azur. En se jouant, ils soulevaient les flots avec beaucoup d'écume. Après eux venaient les Tritons, qui sonnaient de la trompette avec leurs conques recourbées. Ils environnaient le char d'Amphitrite, traîné par des chevaux marins, plus blancs que la neige, et qui, fendant l'onde salée, laissaient loin derrière eux un vaste sillon dans la mer. Leurs yeux étaient enflammés et leurs bouches étaient fumantes. Le char de la déesse était une conque d'une merveilleuse figure ; elle était d'une blancheur plus éclatante que l'ivoire, et les roues étaient d'or. Ce char semblait voler sur la surface des eaux paisibles *. Une troupe de nymphes couronnées de fleurs nageaient en foule derrière le char ; leurs beaux cheveux pendaient sur leurs épaules et flottaient au gré du vent. La déesse tenait d'une main un sceptre d'or pour commander aux vagues, de l'autre elle portait sur ses genoux le petit dieu Palémon, son fils, pendant à sa mamelle. Elle avait un visage serein et une douce majesté qui faisait fuir les vents séditieux et toutes les noires tempêtes. Les Tritons conduisaient les chevaux, et tenaient les rênes dorées ; une grande voile de pourpre flottait dans l'air au-dessus du char ; elle était à demi enflée par le souffle d'une multitude de petits zéphyrs qui s'efforçaient de la pousser par leurs haleines. On voyait au milieu des airs Éole empressé, inquiet et ardent. Son visage ridé et chagrin, sa voix menaçante, ses sourcils épais et pendants, ses yeux pleins d'un feu sombre et austère, tenaient en silence les fiers aquilons et repoussaient tous les nuages. Les immenses baleines et tous les monstres marins, faisant avec leurs narines un flux et reflux de l'onde amère, sortaient à la hâte de leurs grottes profondes pour voir la déesse.

Livre cinquième

SOMMAIRE

Suite du récit de Télémaque. – Tableau de l'île de Crète. – Télémaque, à son arrivée dans l'île, apprend qu'Idoménée, qui en était le roi, vient de sacrifier son fils unique pour accomplir un vœu indiscret, et que les Crétois, voulant venger le fils immolé, ont forcé le père à quitter le pays ; qu'après bien des incertitudes, ils se sont assemblés pour élire un roi nouveau. – Télémaque est admis dans cette assemblée ; il y remporte le prix à divers jeux et résout avec une rare sagesse les questions proposées aux concurrents par les vieillards, juges de l'île. – La couronne de Crète est offerte à Télémaque qui la refuse. – On propose ensuite d'élire Mentor qui refuge aussi la royauté. – Enfin le choix du nouveau roi est laissé à Mentor qui propose Aristodème. – Celui-ci est proclamé roi. – Mentor et Télémaque s'embarquent pour Ithaque sur un vaisseau crétois. – Neptune suscite une horrible tempête qui brise leur vaisseau. – Télémaque et Mentor s'attachent aux débris du vaisseau et, poussés par les flots, abordent dans l'île de Calypso.

Après que nous eûmes admiré ce spectacle, nous commençâmes à découvrir les montagnes de Crète, que nous avions encore assez de peine à distinguer des nuées du ciel et des flots de la mer. Bientôt nous vîmes le sommet du mont Ida, qui s'élève au-dessus des autres montagnes de l'île, comme un vieux cerf dans une forêt porte son bois rameux au-dessus des têtes des jeunes faons dont il est suivi. Peu à peu nous vîmes plus distinctement les côtes de cette île, qui se présentaient à nos yeux comme un amphithéâtre. Autant que la terre de Chypre nous avait paru négligée et inculte, autant celle de Crète se montrait ornée de tous les fruits par le travail de ses habitants. De tous côtés, nous remarquions des villages bien bâtis, des bourgs qui égalaient des villes, et des villes superbes. Nous ne trouvions aucun champ où la main du diligent laboureur ne fût imprimée ; partout la charrue avait laissé de creux sillons : les ronces, les épines, et toutes les plantes qui occupent inutilement la terre, sont inconnues en ce pays. Nous considérions avec plaisir les creux vallons où les troupeaux de bœufs mugissaient dans les gras herbages le long des ruisseaux ; les moutons paissants sur le penchant d'une colline ; les vastes campagnes couvertes de jaunes épis, riches dons de la féconde Cérès ; enfin les montagnes ornées de pampre et de grappes d'un raisin déjà coloré qui promettait aux vendangeurs les doux présents de Bacchus, pour charmer les soucis des hommes.

Mentor nous dit qu'il avait été autrefois en Crète, et il nous expliqua ce qu'il en connaissait. Cette île, disait-il, admirée de tous les étrangers, et fameuse par ses cent villes, nourrit sans peine tous ses habitants, quoiqu'ils soient innombrables *. C'est que la terre ne se lasse jamais de répandre ses biens sur ceux qui la cultivent * ; son sein fécond ne peut s'épuiser. Plus il y a d'hommes dans un pays, pourvu qu'ils soient laborieux, plus ils jouissent de l'abondance. Ils n'ont jamais besoin d'être jaloux les uns des autres : la terre, cette bonne mère, multiplie ses dons selon le nombre de ses enfants qui méritent ses fruits par leur travail. L'ambition et l'avarice des hommes sont les seules sources de leur malheur : les hommes veulent tout avoir, et ils se rendent malheureux par le désir du superflu ; s'ils voulaient vivre simplement, et se contenter de satisfaire aux vrais besoins, on verrait partout l'abondance, la joie, la paix et l'union.

C'est ce que Minos, le plus sage et le meilleur de tous les rois, avait compris. Tout ce que vous verrez de plus merveilleux dans cette île est le fruit de ses lois. L'éducation qu'il faisait donner aux enfants rend les corps sains et robustes : on les accoutume d'abord à une vie simple, frugale et laborieuse ; on suppose que toute volupté amollit le corps et l'esprit ; on ne leur propose jamais d'autre plaisir que celui d'être invincibles par la vertu, et d'acquérir beaucoup de gloire. On ne met pas seulement ici le courage à mépriser la mort dans les dangers de la guerre, mais encore à fouler aux pieds les trop grandes richesses et les plaisirs honteux. Ici on punit trois vices qui sont impunis chez les autres peuples : l'ingratitude, la dissimulation et l'avarice.

Pour le faste et la mollesse, on n'a jamais besoin de les réprimer, car ils sont inconnus en Crète. Tout le monde y travaille, et personne ne songe à s'y enrichir ; chacun se croit assez payé de son travail par une vie douce et réglée, où l'on jouit en paix et avec abondance de tout ce qui est véritablement nécessaire à la vie. On n'y souffre ni meubles précieux, ni habits magnifiques, ni festins délicieux, ni palais dorés. Les habits sont de laine fine et de belles couleurs, mais tout unis et sans broderie. Les repas y sont sobres ; on y boit peu de vin : le bon pain en fait la principale partie, avec les fruits que les arbres offrent comme d'eux-mêmes, et le lait des troupeaux. Tout au plus on y mange un peu de grosse viande sans ragoût ; encore même a-t-on soin de réserver ce qu'il y a de meilleur dans les grands troupeaux de bœufs pour faire fleurir l'agriculture. Les maisons y sont propres, commodes, riantes, mais sans ornements. La superbe architecture n'y est pas ignorée ; mais elle est réservée pour les temples des dieux : et les hommes n'oseraient avoir des maisons semblables à celles des immortels. Les grands biens des Crétois sont la santé, la force, le courage, la paix et l'union des familles, la liberté de tous les citoyens, l'abondance des choses nécessaires, le mépris des superflues, l'habitude du travail et l'horreur de l'oisiveté, l'émulation pour la vertu la soumission aux lois, et la crainte des justes dieux.

Je lui demandai en quoi consistait l'autorité du roi ; et il me répondit : Il peut tout sur les peuples ; mais les lois peuvent tout sur lui. Il a une puissance absolue pour faire le bien, et les mains liées dès qu'il veut faire le mal. Les lois lui confient les peuples comme le plus précieux de tous les dépôts, à condition qu'il sera le père de ses sujets. Elles veulent qu'un seul homme serve, par sa sagesse et par sa modération, à la félicité de tant d'hommes ; et non pas que tant d'hommes servent, par leur misère et par leur servitude lâche, à flatter l'orgueil et la mollesse d'un seul homme. Le roi ne doit rien avoir au-dessus des autres, excepté ce qui est nécessaire, ou pour le soulager dans ses pénibles fonctions, ou pour imprimer aux peuples le respect de celui qui doit soutenir les lois. D'ailleurs, le roi doit être plus sobre, plus ennemi de la mollesse, plus exempt de faste et de hauteur, qu'aucun autre. Il ne doit point avoir plus de richesses et de plaisirs, mais plus de sagesse, de vertu et de gloire, que le reste des hommes. Il doit être au dehors le défenseur de la patrie, en commandant les armées ; et au-dedans, le juge des peuples, pour les rendre bons, sages et heureux. Ce n'est point pour lui-même que les dieux l'ont fait roi ; il ne l'est que pour être l'homme des peuples : c'est aux peuples qu'il doit tout son temps, tous ses soins, toute son affection ; et il n'est digne de la royauté qu'autant qu'il s'oublie lui-même pour se sacrifier au bien public. Minos n'a voulu que ses enfants régnassent après lui, qu'à condition qu'ils règneraient suivant ses maximes : il aimait encore plus son peuple que sa famille. C'est par une telle sagesse qu'il a rendu la Crète si puissante et si heureuse ; c'est par cette modération qu'il a effacé la gloire de tous les conquérants qui veulent faire servir les peuples à leur propre grandeur, c'est-à-dire à leur vanité ; enfin, c'est par sa justice qu'il a mérité d'être aux enfers le souverain juge des morts.

Pendant que Mentor faisait ce discours, nous abordâmes dans l'île. Nous vîmes le fameux labyrinthe, ouvrage des mains de l'ingénieux Dédale, et qui était une imitation du grand labyrinthe que nous avions vu en Égypte. Pendant que nous considérions ce curieux édifice, nous vîmes le peuple qui couvrait le rivage, et qui accourait en foule dans un lieu assez voisin du bord de la mer. Nous demandâmes la cause de cet empressement ; et voici ce qu'un Crétois, nommé Nausicrate, nous raconta :

Idoménée, fils de Deucalion et petit-fils de Minos, dit-il, était allé, comme les autres rois de la Grèce, au siège de Troie. Après la ruine de cette ville, il fit voile pour revenir en Crète ; mais la tempête fut si violente, que le pilote de son vaisseau, et tous les autres qui étaient expérimentés dans la navigation, crurent que leur naufrage était inévitable. Chacun avait la mort devant les yeux ; chacun voyait les abîmes ouverts pour l'engloutir ; chacun déplorait son malheur, n'espérant pas même le triste repos des ombres qui traversent le Styx après avoir reçu la sépulture. Idoménée, levant les yeux et les mains vers le ciel, invoquait Neptune : Ô puissant dieu, s'écriait-il, toi qui tiens l'empire des ondes, daigne écouter un malheureux ! Si tu me fais revoir l'île de Crète, malgré la fureur des vents, je t'immolerai la première tête qui se présentera à mes yeux.

Cependant son fils, impatient de revoir son père, se hâtait d'aller au devant de lui pour l'embrasser : malheureux, qui ne savait pas que c'était courir à sa perte ! Le père, échappé à la tempête, arrivait dans le port désiré, il remerciait Neptune d'avoir écouté ses vœux : mais bientôt il sentit combien ses vœux lui étaient funestes. Un pressentiment de son malheur lui donnait un cuisant repentir de son vœu indiscret ; il craignait d'arriver parmi les siens, et il appréhendait de revoir ce qu'il avait de plus cher au monde. Mais la cruelle Némésis, déesse impitoyable, qui veille pour punir les hommes, et surtout les orgueilleux, poussait d'une main fatale et invisible Idoménée. Il arrive ; à peine ose-t-il lever les yeux : il voit son fils ; il recule, saisi d'horreur. Ses yeux cherchent, mais en vain, quelque autre tête moins chère qui puisse lui servir de victime.

Cependant le fils se jette à son cou, et est tout étonné que son père réponde si mal à sa tendresse ; il le voit fondant en larmes. Ô mon père, dit-il, d'où vient cette tristesse ? Après une si longue absence, êtes-vous fâché de vous revoir dans votre royaume, et de faire la joie de votre fils ? Qu'ai-je fait ? vous détournez vos yeux de peur de me voir ! Le père, accablé de douleur, ne répondait rien. Enfin, après de profonds soupirs, il dit : Ô Neptune, que t'ai-je promis ! à quel prix m'as-tu garanti du naufrage ! rends-moi aux vagues et aux rochers, qui devaient, en me brisant, finir ma triste vie ; laisse vivre mon fils ! Ô dieu cruel ! tiens, voilà mon sang, épargne le sien. En parlant ainsi, il tira son épée pour se percer ; mais ceux qui étaient autour de lui arrêtèrent sa main.

Le vieillard Sophronyme, interprète des volontés des dieux, lui assura qu'il pouvait contenter Neptune sans donner la mort à son fils. Votre promesse, disait-il, a été imprudente : les dieux ne veulent point être honorés par la cruauté ; gardez-vous bien d'ajouter à la faute de votre promesse celle de l'accomplir contre les lois de la nature : offrez cent taureaux plus blancs que la neige à Neptune ; faites couler leur sang autour de son autel couronné de fleurs ; faites fumer un doux encens en l'honneur de ce dieu.

Idoménée écoutait ce discours, la tête baissée et sans répondre : la fureur était allumée dans ses yeux ; son visage, pâle et défiguré, changeait à tout moment de couleur ; on voyait ses membres tremblants. Cependant son fils lui disait : Me voici, mon père ; votre fils est prêt à mourir pour apaiser le dieu ; n'attirez pas sur vous sa colère : je meurs content, puisque ma mort vous aura garanti de la vôtre. Frappez, mon père ; ne craignez point de trouver en moi un fils indigne de vous, qui craigne de mourir.

En ce moment Idoménée, tout hors de lui, et comme déchiré par les Furies infernales, surprend tous ceux qui l'observent de près ; il enfonce son épée dans le cœur de cet enfant ; il la retire toute fumante et pleine de sang, pour la plonger dans ses propres entrailles ; il est encore une fois retenu par ceux qui l'environnent. L'enfant tombe dans son sang ; ses yeux se couvrent des ombres de la mort ; il les entrouvre à la lumière ; mais à peine l'a-t-il trouvée, qu'il ne peut plus la supporter *. Tel qu'un beau lis au milieu des champs, coupé dans sa racine par le tranchant de la charrue, languit et ne se soutient plus * ; il n'a point encore perdu cette vive blancheur, et cet éclat qui charme les yeux ; mais la terre ne le nourrit plus, et sa vie est éteinte : ainsi le fils d'Idoménée, comme une jeune et tendre fleur, est cruellement moissonné dès son premier âge. Le père, dans l'excès de sa douleur, devient insensible ; il ne sait où il est, ni ce qu'il a fait, ni ce qu'il doit faire ; il marche chancelant vers la ville, et demande son fils.

Cependant le peuple, touché de compassion pour l'enfant, et d'horreur pour l'action barbare du père, s'écrie que les dieux justes l'ont livré aux Furies. La fureur leur fournit des armes * ; ils prennent des bâtons et des pierres ; la Discorde souffle dans tous les cœurs un venin mortel. Les Crétois, les sages Crétois, oublient la sagesse qu'ils ont tant aimée ; ils ne reconnaissent plus le petit-fils du sage Minos. Les amis d'Idoménée ne trouvent plus de salut pour lui, qu'en le ramenant vers ses vaisseaux : ils s'embarquent avec lui ; ils fuient à la merci des ondes. Idoménée, revenant à soi, les remercie de l'avoir arraché d'une terre qu'il a arrosée du sang de son fils, et qu'il ne saurait plus habiter. Les vents les conduisent vers l'Hespérie, et ils vont fonder un nouveau royaume dans le pays des Salentins.

Cependant les Crétois, n'ayant plus de roi pour les gouverner, ont résolu d'en choisir un qui conserve dans leur pureté les lois établies. Voici les mesures qu'ils ont prises pour faire ce choix. Tous les principaux citoyens des cent villes sont assemblés ici. On a déjà commencé par des sacrifices ; on a assemblé tous les sages les plus fameux des pays voisins, pour examiner la sagesse de ceux qui paraîtront dignes de commander. On a préparé des jeux publics, où tous les prétendants combattront ; car on veut donner pour prix la royauté à celui qu'on jugera vainqueur de tous les autres, et pour l'esprit et pour le corps. On veut un roi dont le corps soit fort et adroit, et dont l'âme soit ornée de la sagesse et de la vertu. On appelle ici tous les étrangers.

Après nous avoir raconté toute cette histoire étonnante, Nausicrate nous dit : Hâtez-vous donc, ô étrangers, de venir dans notre assemblée : vous combattrez avec les autres ; et si les dieux destinent la victoire à l'un de vous, il régnera en ce pays. Nous le suivîmes, sans aucun désir de vaincre, mais par la seule curiosité de voir une chose si extraordinaire.

Nous arrivâmes à une espèce de cirque très vaste, environné d'une épaisse forêt * : le milieu du cirque était une arène préparée pour les combattants ; elle était bordée par un grand amphithéâtre d'un gazon frais sur lequel était assis et rangé un peuple innombrable. Quand nous arrivâmes, on nous reçut avec honneur ; car les Crétois sont les peuples du monde qui exercent le plus noblement et avec le plus de religion l'hospitalité. On nous fit asseoir, et on nous invita à combattre. Mentor s'en excusa sur son âge, et Hazaël sur sa faible santé. Ma jeunesse et ma vigueur m'ôtaient toute excuse ; je jetai néanmoins un coup d'œil sur Mentor pour découvrir sa pensée, et j'aperçus qu'il souhaitait que je combattisse. J'acceptai donc l'offre qu'on me faisait : je me dépouillai de mes habits : on fit couler des flots d'huile douce et luisante sur tous les membres de mon corps * ; et je me mêlai parmi les combattants. On dit de tous côtés que c'était le fils d'Ulysse ; qui était venu pour tâcher de remporter les prix : et plusieurs Crétois, qui avaient été à Ithaque pendant mon enfance, me reconnurent.

Le premier combat fut celui de la lutte. Un Rhodien d'environ trente-cinq ans surmonta tous les autres qui osèrent se présenter à lui. Il était encore dans toute la vigueur de la jeunesse : ses bras étaient nerveux et bien nourris ; au moindre mouvement qu'il faisait, on voyait tous ses muscles ; il était également souple et fort. Je ne lui parus pas digne d'être vaincu ; et, regardant avec pitié ma tendre jeunesse, il voulut se retirer : mais je me présentai à lui. Alors nous nous saisîmes l'un l'autre * ; nous nous serrâmes à perdre la respiration. Nous étions épaule contre épaule, pied contre pied *, tous les nerfs tendus, et les bras entrelacés comme des serpents, chacun s'efforçant d'enlever de terre son ennemi. Tantôt il essayait de me surprendre en me poussant du côté droit ; tantôt il s'efforçait de me pencher du côté gauche. Pendant qu'il me tâtait ainsi, je le poussai avec tant de violence, que ses reins plièrent : il tomba sur l'arène, et m'entraîna sur lui. En vain il tâcha de me mettre dessous ; je le tins immobile sous moi ; tout le peuple cria : Victoire au fils d'Ulysse ! Et j'aidai au Rhodien confus à se relever.

Le combat du ceste fut plus difficile. Le fils d'un riche citoyen de Samos avait acquis une haute réputation dans ce genre de combat.

Tous les autres lui cédèrent ; il n'y eut que moi qui espérai la victoire. D'abord il me donna dans la tête, et puis dans l'estomac, des coups qui me firent vomir le sang, et qui répandirent sur mes yeux un épais nuage. Je chancelai ; il me pressait, et je ne pouvais plus respirer : mais je fus ranimé par la voix de Mentor, qui me criait : Ô fils d'Ulysse, seriez-vous vaincu ? La colère me donna de nouvelles forces * ; j'évitai plusieurs coups dont j'aurais été accablé. Aussitôt que le Samien m'avait porté un faux coup, et que son bras s'allongeait en vain, je le surprenais dans cette posture penchée : déjà il reculait, quand je haussai mon ceste pour tomber sur lui avec plus de force : il voulut s'esquiver, et perdant l'équilibre, il me donna le moyen de le renverser. À peine fut-il étendu par terre, que je lui tendis la main pour le relever. Il se redressa lui-même, couvert de poussière et de sang, sa honte fut extrême, mais il n'osa renouveler le combat :

Aussitôt on commença les courses des chariots, que l'on distribua au sort. Le mien se trouva le moindre pour la légèreté des roues et pour la vigueur des chevaux. Nous partons : un nuage de poussière vole, et couvre le ciel *. Au commencement, je laissai les autres passer devant moi. Un jeune Lacédémonien, nommé Cranter, laissait d'abord tous les autres derrière lui. Un Crétois, nommé Polyclète, le suivait de près. Hippomaque, parent d'Idoménée, qui aspirait à lui succéder, lâchant les rênes à ses chevaux fumants de sueur, était tout penché sur leurs crins flottants ; et le mouvement des roues de son chariot était si rapide, qu'elles paraissaient immobiles comme les ailes d'un aigle qui fend les airs. Mes chevaux s'animèrent, et se mirent peu à peu en haleine ; je laissai loin derrière moi presque tous ceux qui étaient partis avec tant d'ardeur. Hippomaque, parent d'Idoménée, poussant trop ses chevaux, le plus vigoureux s'abattit, et ôta, par sa chute, à son maître l'espérance de régner. Polyclète, se penchant trop sur ses chevaux, ne put se tenir ferme dans une secousse ; il tomba : les rênes lui échappèrent, et il fut trop heureux de pouvoir en tombant éviter la mort. Crantor voyant avec des yeux pleins d'indignation que j'étais tout auprès de lui *, redoubla son ardeur : tantôt il invoquait les dieux, et leur promettait de riches offrandes ; tantôt il parlait à ses chevaux pour les animer * : il craignait que je ne passasse entre la borne et lui ; car mes chevaux, mieux ménagés que les siens, étaient en état de le devancer : il ne lui restait plus d'autre ressource que celle de me fermer le passage. Pour y réussir, il hasarda de se briser contre la borna ; il y brisa effectivement sa roue. Je ne songeai qu'à faire promptement le tour, pour n'être pas engagé dans son désordre ; et il me vit un moment après au bout de la carrière. Le peuple s'écria encore une fois : Victoire au fils d'Ulysse ! c'est lui que les dieux destinent à régner sur nous.

Cependant les plus illustres et les plus sages d'entre les Crétois nous conduisirent dans un bois antique et sacré, reculé de la vue des hommes profanes, où les vieillards, que Minos avait établis juges du peuple et gardes des lois, nous assemblèrent. Nous étions les mêmes qui avions combattu dans les jeux ; nul autre ne fut admis. Les sages ouvrirent le livre où toutes les lois de Minos sont recueillies. Je me sentis saisi de respect et de honte, quand j'approchai de ces vieillards que l'âge rendait vénérables, sans leur ôter la vigueur de l'esprit. Ils étaient assis avec ordre, et immobiles dans leurs places : leurs cheveux étaient blancs ; plusieurs n'en avaient presque plus. On voyait reluire sur leurs visages graves une sagesse douce et tranquille ; ils ne se pressaient point de parler ; ils ne disaient que ce qu'ils avaient résolu de dire. Quand ils étaient d'avis différents, ils étaient si modérés à soutenir ce qu'ils pensaient de part et d'autre, qu'on aurait cru qu'ils étaient tous d'une même opinion. La longue expérience des choses passées et l'habitude du travail leur donnait de grandes vues sur toutes choses : mais ce qui perfectionnait le plus leur raison, c'était le calme de leur esprit délivré des folles passions et des caprices de la jeunesse. La sagesse toute seule agissait en eux, et le fruit de leur longue vertu était d'avoir si bien dompté leurs humeurs, qu'ils goûtaient sans peine le doux et noble plaisir d'écouter la raison. En les admirant, je souhaitai que ma vie pût s'accourcir pour arriver tout à coup à une si estimable vieillesse. Je trouvai la jeunesse malheureuse d'être si impétueuse, et si éloignée de cette vertu si éclairée et si tranquille.

Le premier d'entre ces vieillards ouvrit le livre des lois de Minos. C'était un grand livre qu'on tenait d'ordinaire dans une cassette d'or avec des parfums. Tous ces vieillards le baisèrent avec respect ; car ils disent qu'après les dieux, de qui les bonnes lois viennent, rien ne doit être si sacré aux hommes, que les lois destinées à les rendre bons, sages et heureux. Ceux qui ont dans leurs mains les lois pour gouverner les peuples doivent toujours se laisser gouverner eux-mêmes par les lois. C'est la loi, et non pas l'homme, qui doit régner. Tel est le discours de ces sages. Ensuite celui qui présidait proposa trois questions, qui devaient être décidées par les maximes de Minos.

La première question est de savoir quel est le plus libre de tous les hommes. Les uns répondirent que c'était un roi qui avait sur son peuple un empire absolu, et qui était victorieux de tous ses ennemis. D'autres soutinrent que c'était un homme si riche, qu'il pouvait contenter tous ses désirs. D'autres dirent que c'était un homme qui ne se mariait point, et qui voyageait pendant toute sa vie en divers pays, sans être jamais assujetti aux lois d'aucune nation. D'autres s'imaginèrent que c'était un Barbare, qui, vivant de sa chasse au milieu des bois, était indépendant de toute police et de tout besoin. D'autres crurent que c'était un homme nouvellement affranchi, parce qu'en sortant des rigueurs de la servitude il jouissait plus qu'aucun autre des douceurs de la liberté. D'autres enfin s'avisèrent de dire que c'était un homme mourant, parce que la mort le délivrait de tout, et que tous les hommes ensemble n'avaient plus aucun pouvoir sur lui. Quand mon rang fut venu, je n'eus pas de peine à répondre, parce que je n'avais pas oublié ce que Mentor m'avait dit souvent. Le plus libre de tous les hommes, répondis-je, est celui qui peut être libre dans l'esclavage même. En quelque pays et en quelque condition qu'on soit, on est très libre, pourvu qu'on craigne les dieux, et qu'on ne craigne qu'eux. En un mot, l'homme véritablement libre est celui qui, dégagé de toute crainte et de tout désir, n'est soumis qu'aux dieux et à sa raison. Les vieillards s'entre-regardèrent en souriant, et furent surpris de voir que ma réponse fût précisément celle de Minos.

Ensuite on proposa la seconde question en ces termes : Quel est le plus malheureux de tous les hommes ? Chacun disait ce qui lui venait dans l'esprit. L'un disait : C'est un homme qui n'a ni biens, ni santé, ni honneur. Un autre disait : C'est un homme qui n'a aucun ami. D'autres soutenaient que c'est un homme qui a des enfants ingrats et indignes de lui. Il vint un sage de l'île de Lesbos, qui dit : Le plus malheureux de tous les hommes est celui qui croit l'être ; car le malheur dépend moins des choses qu'on souffre, que de l'impatience avec laquelle on augmente son malheur. À ces mots, toute l'assemblée se récria ; on applaudit, et chacun crut que ce sage Lesbien remporterait le prix sur cette question. Mais on me demanda ma pensée, et je répondis, suivant les maximes de Mentor : Le plus malheureux de tous les hommes est un roi qui croit être heureux en rendant les autres hommes misérables : il est doublement malheureux par son aveuglement ; ne connaissant pas son malheur, il ne peut s'en guérir ; il craint même de le connaître. La vérité ne peut percer la foule des flatteurs pour aller jusqu'à lui. Il est tyrannisé par ses passions ; il ne connaît point ses devoirs ; il n'a jamais goûté le plaisir de faire le bien, ni senti les charmes de la pure vertu. Il est malheureux, et digne de l'être : son malheur augmente tous les jours ; il court à sa perte, et les dieux se préparent à le confondre par une punition éternelle. Toute l'assemblée avoua que j'avais vaincu le sage Lesbien, et les vieillards déclarèrent que j'avais rencontré le vrai sens de Minos.

Pour la troisième question, on demanda lequel des deux est préférable : d'un côté, un roi conquérant et invincible dans la guerre ; de l'autre, un roi sans expérience de la guerre, mais propre à policer sagement les peuples dans la paix. La plupart répondirent que le roi invincible dans la guerre était préférable. À quoi sert, disaient-ils, d'avoir un roi qui sache bien gouverner en paix, s'il ne sait pas défendre le pays quand la guerre vient ? Les ennemis le vaincront, et réduiront son peuple en servitude. D'autres soutenaient, au contraire, que le roi pacifique serait meilleur, parce qu'il craindrait la guerre, et l'éviterait par ses soins. D'autres disaient qu'un roi conquérant travaillerait à la gloire de son peuple aussi bien qu'à la sienne, et qu'il rendrait ses sujets maîtres des autres nations ; au lieu qu'un roi pacifique les tiendrait dans une honteuse lâcheté.

On voulut savoir mon sentiment. Je répondis ainsi : Un roi qui ne sait gouverner que dans la paix ou dans la guerre, et qui n'est pas capable de conduire son peuple dans ces deux états, n'est qu'à demi roi. Mais si vous comparez un roi qui ne sait que la guerre, à un roi sage, qui, sans savoir la guerre, est capable de la soutenir dans le besoin par ses généraux, je le trouve préférable à l'autre. Un roi entièrement tourné à la guerre voudrait toujours la faire : pour étendre sa domination et sa gloire propre, il ruinerait ses peuples. À quoi sert-il à un peuple que son roi subjugue d'autres nations, si on est malheureux sous son règne ? D'ailleurs, les longues guerres entraînent toujours après elles beaucoup de désordres : les victorieux mêmes se dérèglent pendant ces temps de confusion. Voyez ce qu'il en coûte à la Grèce pour avoir triomphé de Troie ; elle a été privée de ses rois pendant plus de dix ans. Lorsque tout est en feu par la guerre, les lois, l'agriculture, les arts languissent. Les meilleurs princes mêmes, pendant qu'ils ont une guerre à soutenir, sont contraints de faire le plus grand des maux, qui est de tolérer la licence, et de se servir des méchants. Combien y a-t-il de scélérats qu'on punirait pendant la paix, et dont on a besoin de récompenser l'audace dans les désordres de la guerre ! Jamais aucun peuple n'a eu un roi conquérant, sans avoir beaucoup à souffrir de son ambition. Un conquérant, enivré de sa gloire, ruine presque autant sa nation victorieuse que les nations vaincues. Un prince qui n'a point les qualités nécessaires pour la paix, ne peut faire goûter à ses sujets les fruits d'une guerre heureusement finie : il est comme un homme qui défendrait son champ contre son voisin, et qui usurperait celui du voisin même, mais qui ne saurait ni labourer ni semer, pour recueillir aucune moisson. Un tel homme semble né pour détruire, pour ravager, pour renverser le monde, et non pour rendre un peuple heureux par un sage gouvernement. Venons maintenant au roi pacifique. Il est vrai qu'il n'est pas propre à de grandes conquêtes ; c'est-à-dire qu'il n'est pas né pour troubler le bonheur de son peuple, en voulant vaincre les autres peuples que la justice ne lui a pas soumis : mais, s'il est véritablement propre à gouverner en paix, il a toutes les qualités nécessaires pour mettre son peuple en sûreté contre ses ennemis. Voici comment : il est juste, modéré et commode à l'égard de ses voisins ; il n'entreprend jamais contre eux rien qui puisse troubler sa paix ; il est fidèle dans ses alliances. Ses alliés l'aiment, ne le craignent point, et ont une entière confiance en lui. S'il a quelque voisin inquiet, hautain et ambitieux, tous les autres rois voisins, qui craignent ce voisin inquiet, et qui n'ont aucune jalousie du roi pacifique, se joignent à ce bon roi pour l'empêcher d'être opprimé. Sa probité, sa bonne foi, sa modération, le rendent l'arbitre de tous les États qui environnent le sien. Pendant que le roi entreprenant est odieux à tous les autres, et sans cesse exposé à leurs ligues, celui-ci a la gloire d'être comme le père et le tuteur de tous les autres rois. Voilà les avantages qu'il a au dehors. Ceux dont il jouit au-dedans sont encore plus solides. Puisqu'il est propre à gouverner en paix, je dois supposer qu'il gouverne par les plus sages lois. Il retranche le faste, la mollesse, et tous les arts qui ne servent qu'à flatter les vices ; il fait fleurir les autres arts qui sont utiles aux véritables besoins de la vie : surtout il applique ses sujets à l'agriculture. Par là, il les met dans l'abondance des choses nécessaires. Ce peuple laborieux, simple dans ses mœurs, accoutumé à vivre de peu, gagnant facilement sa vie par la culture de ses terres, se multiplie à l'infini. Voilà dans ce royaume un peuple innombrable, mais un peuple sain, vigoureux, robuste, qui n'est point amolli par les voluptés, qui est exercé à la vertu, qui n'est point attaché aux douceurs d'une vie lâche et délicieuse, qui sait mépriser la mort, qui aimerait mieux mourir que perdre cette liberté qu'il goûte sous un sage roi appliqué à ne régner que pour faire régner sa raison. Qu'un conquérant voisin attaque ce peuple, il ne le trouvera peut-être pas assez accoutumé à camper, à se ranger en bataille, ou adresser des machines pour assiéger une ville ; mais il le trouvera invincible par sa multitude, par son courage, par sa patience dans les fatigues, par son habitude de souffrir la pauvreté, par sa vigueur dans les combats, et par une vertu que les mauvais succès mêmes ne peuvent abattre. D'ailleurs, si le roi n'est point assez expérimenté pour commander lui-même ses armées, il les fera commander par des gens qui en seront capables ; et il saura s'en servir sans perdre son autorité. Cependant il tirera du secours de ses alliés ; ses sujets aimeront mieux mourir que de passer sous la domination d'un autre roi violent et injuste : les dieux mêmes combattront pour lui. Voyez quelles ressources il aura au milieu des plus grands périls. Je conclus donc que le roi pacifique qui ignore la guerre est un roi très imparfait, puisqu'il ne sait pas remplir une de ses plus grandes fonctions, qui est de vaincre ses ennemis, mais j'ajoute qu'il est néanmoins infiniment supérieur au roi conquérant qui manque des qualités nécessaires dans la paix, et qui n'est propre qu'à la guerre.

J'aperçus dans l'assemblée beaucoup de gens qui ne pouvaient goûter cet avis ; car la plupart des hommes, éblouis par les choses éclatantes, comme les victoires et les conquêtes, les préfèrent à ce qui est simple, tranquille et solide, comme la paix et la bonne police des peuples. Mais tous les vieillards déclarèrent que j'avais parlé comme Minos.

Le premier de ces vieillards s'écria : Je vois l'accomplissement d'un oracle d'Apollon, connu dans toute notre île. Minos avait consulté le dieu, pour savoir combien de temps sa race régnerait, suivant les lois qu'il venait d'établir. Le dieu lui répondit : Les tiens cesseront de régner quand un étranger entrera dans ton île pour y faire régner tes lois. Nous avions craint que quelque étranger ne vînt faire la conquête de l'île de Crète ; mais le malheur d'Idoménée, et la sagesse du fils d'Ulysse, qui entend mieux que nul autre mortel les lois de Minos, nous montrent le sens de l'oracle. Que tardons-nous à couronner celui que les destins nous donnent pour roi ?

Aussitôt les vieillards sortent de l'enceinte du bois sacré ; et le premier, me prenant par la main, annonce au peuple déjà impatient, dans l'attente d'une décision, que j'avais remporté le prix. À peine acheva-t-il de parler, qu'on entendit un bruit confus de toute l'assemblée. Chacun pousse des cris de joie. Tout le rivage et toutes les montagnes voisines retentissent de ce cri : Que le fils d'Ulysse, semblable à Minos, règne sur les Crétois !

J'attendis un moment, et je faisais signe de la main pour demander qu'on m'écoutât. Cependant Mentor me disait à l'oreille : Renoncez-vous à votre patrie ? l'ambition de régner vous fera-t-elle oublier Pénélope, qui vous attend comme sa dernière espérance, et le grand Ulysse, que les dieux avaient résolu de vous rendre ? Ces paroles percèrent mon cœur, et me soutinrent contre le vain désir de régner.

Cependant un profond silence de toute cette tumultueuse assemblée me donna le moyen de parler ainsi : Ô illustres Crétois, je ne mérite point de vous commander. L'oracle qu'on vient de rapporter marque bien que la race de Minos cessera de régner quand un étranger entrera dans cette île et y fera régner les lois de ce sage roi ; mais il n'est pas dit que cet étranger régnera. Je veux croire que je suis cet étranger marqué par l'oracle. J'ai accompli la prédiction ; je suis venu dans cette île ; j'ai découvert le vrai sens des lois, et je souhaite que mon explication serve à les faire régner avec l'homme que vous choisirez. Pour moi, je préfère ma patrie, la pauvre, la petite île d'Ithaque, aux cent villes de Crète, à la gloire et à l'opulence de ce beau royaume. Souffrez que je suive ce que les destins ont marqué. Si j'ai combattu dans vos jeux, ce n'était pas dans l'espérance de régner ici ; c'était pour mériter votre estime et votre compassion ; c'était afin que vous me donnassiez les moyens de retourner promptement au lieu de ma naissance. J'aime mieux obéir à mon père Ulysse, et consoler ma mère Pénélope, que régner sur tous les peuples de l'univers. Ô Crétois, vous voyez le fond de mon cœur : il faut que je vous quitte ; mais la mort seule pourra finir ma reconnaissance. Oui, jusques au dernier soupir, Télémaque aimera les Crétois, et s'intéressera à leur gloire comme à la sienne propre.

À peine eus-je parlé qu'il s'éleva dans toute l'assemblée un bruit sourd, semblable à celui des vagues de la mer qui s'entrechoquent dans une tempête. Les uns disaient : Est-ce quelque divinité sous une figure humaine ? D'autres soutenaient qu'ils m'avaient vu en d'autres pays, et qu'ils me reconnaissaient. D'autres s'écriaient : il faut le contraindre de régner ici. Enfin, je repris la parole, et chacun se hâta de se taire, ne sachant si je n'allais point accepter ce que j'avais refusé d'abord. Voici les paroles que je leur dis :

Souffrez, ô Crétois, que je vous dise ce que je pense. Vous êtes le plus sage de tous les peuples ; mais la sagesse demande, ce me semble, une précaution qui vous échappe. Vous devez choisir, non pas l'homme qui raisonne le mieux sur les lois, mais celui qui les pratique avec la plus constante vertu. Pour moi, je suis jeune, par conséquent sans expérience, exposé à la violence des passions, et plus en état de m'instruire en obéissant, pour commander un jour, que de commander maintenant. Ne cherchez donc pas un homme qui ait vaincu les autres dans ces jeux d'esprit et de corps, mais qui se soit vaincu lui-même : cherchez un homme qui ait vos lois écrites dans le fond de son cœur, et dont toute la vie soit la pratique de ces lois ; que ses actions, plutôt que ses paroles, vous le fassent choisir.

Tous les vieillards, charmés de ce discours, et voyant toujours croître les applaudissements de l'assemblée me dirent : Puisque les dieux nous ôtent l'espérance de vous voir régner au milieu de nous, du moins aidez-nous à trouver un roi qui fasse régner nos lois. Connaissez-vous quelqu'un qui puisse commander avec cette modération ? Je connais, leur dis-je d'abord, un homme de qui je tiens tout ce que vous avez estimé en moi ; c'est sa sagesse, et non pas la mienne, qui vient de parler ; il m'a inspiré toutes les réponses que vous venez d'entendre.

En même temps toute l'assemblée jeta les yeux sur Mentor, que je montrais, le tenant par la main. Je racontais les soins qu'il avait eus de mon enfance, les périls dont il m'avait délivré, les malheurs qui étaient venus fondre sur moi dès que j'avais cessé de suivre ses conseils.

D'abord on ne l'avait point regardé, à cause de ses habits simples et négligés, de sa contenance modeste, de son silence presque continuel, de son air froid et réservé. Mais quand on s'appliqua à le regarder, on découvrit dans son visage je ne sais quoi de ferme et d'élevé ; on remarqua la vivacité de ses yeux, et la vigueur avec laquelle il faisait jusqu'aux moindres actions. On le questionna ; il fut admiré : on résolut de le faire roi. Il s'en défendit sans s'émouvoir : il dit qu'il préférait les douceurs d'une vie privée à l'éclat de la royauté, que les meilleurs rois étaient malheureux en ce qu'ils ne faisaient presque jamais les biens qu'ils voulaient faire, et qu'ils faisaient souvent, par la surprise des flatteurs, les maux qu'ils ne voulaient pas. Il ajouta que si la servitude est misérable, la royauté ne l'est pas moins, puisqu'elle est une servitude déguisée. Quand on est roi, disait-il, on dépend de tous ceux dont on a besoin pour se faire obéir. Heureux celui qui n'est point obligé de commander ! Nous ne devons qu'à notre seule patrie, quand elle nous confie l'autorité, le sacrifice de notre liberté pour travailler au bien public.

Alors les Crétois, ne pouvant revenir de leur surprise, lui demandèrent quel homme ils devaient choisir. Un homme, répondit-il, qui vous connaisse bien, puisqu'il faudra qu'il vous gouverne, et qu'il craigne de vous gouverner. Celui qui désire la royauté ne la connaît pas ; et comment en remplira-t-il les devoirs, ne les connaissant point ? Il la cherche pour lui ; et vous devez désirer un homme qui ne l'accepte que pour l'amour de vous.

Tous les Crétois furent dans un étrange étonnement de voir deux étrangers qui refusaient la royauté, recherchée par tant d'autres ; ils voulurent savoir avec qui ils étaient venus. Nausicrate, qui les avait conduits depuis le port jusques au cirque où l'on célébrait les jeux, leur montra Hazaël avec lequel Mentor et moi nous étions venus de l'île de Chypre. Mais leur étonnement fut encore bien plus grand, quand ils surent que Mentor avait été l'esclave d'Hazaël ; qu'Hazaël, touché de la sagesse et de la vertu de son esclave, en avait fait son conseil et son meilleur ami ; que cet esclave mis en liberté était le même qui venait de refuser d'être roi ; et qu'Hazaël était venu de Damas en Syrie, pour s'instruire des lois de Minos, tant l'amour de la sagesse remplissait son cœur.

Les vieillards dirent à Hazaël : Nous n'osons vous prier de nous gouverner, car nous jugeons que vous avez les mêmes pensées que Mentor. Vous méprisez trop les hommes pour vouloir vous charger de les conduire : d'ailleurs vous êtes trop détaché des richesses et de l'éclat de la royauté, pour vouloir acheter cet éclat par les peines attachées au gouvernement des peuples. Hazaël répondit : Ne croyez pas, ô Crétois, que je méprise les hommes. Non, non : je sais combien il est grand de travailler à les rendre bons et heureux ; mais ce travail est rempli de peines et de dangers. L'éclat qui y est attaché est faux, et ne peut éblouir que des âmes vaines. La vie est courte ; les grandeurs irritent plus les passions, qu'elles ne peuvent les contenter : c'est pour apprendre à me passer de ces faux biens, et non pas pour y parvenir, que je suis venu de si loin. Adieu : je ne songe qu'à retourner dans une vie paisible et retirée, où la sagesse nourrisse mon cœur, et où les espérances qu'on tire de la vertu, pour une autre meilleure vie après la mort, me consolent dans les chagrins de la vieillesse. Si j'avais quelque chose à souhaiter, ce ne serait pas d'être roi, ce serait de ne me séparer jamais de ces deux hommes que vous voyez.

Enfin les Crétois s'écrièrent, parlant à Mentor : Dites-nous, ô le plus sage et le plus grand de tous les mortels, dites-nous donc qui est-ce que nous pouvons choisir pour notre roi : nous ne vous laisserons point aller, que vous ne nous ayez appris le choix que nous devons faire. Il leur répondit : Pendant que j'étais dans la foule des spectateurs, j'ai remarqué un homme qui ne témoignait aucun empressement : c'est un vieillard assez vigoureux. J'ai demandé quel homme c'était ; on m'a répondu qu'il s'appelait Aristodème. Ensuite j'ai entendu qu'on lui disait que ses deux enfants étaient au nombre de ceux qui combattaient ; il a paru n'en avoir aucune joie : il a dit que, pour l'un, il ne lui souhaitait point les périls de la royauté, et qu'il aimait trop la patrie pour consentir que l'autre régnât jamais. Par là j'ai compris que ce père aimait d'un amour raisonnable l'un de ses enfants qui a de la vertu, et qu'il ne flattait point l'autre dans ses dérèglements. Ma curiosité augmentant, j'ai demandé quelle a été la vie de ce vieillard. Un de vos citoyens m'a répondu : Il a longtemps porté les armes, et il est couvert de blessures ; mais sa vertu sincère et ennemie de la flatterie l'avait rendu incommode à Idoménée. C'est ce qui empêcha ce roi de s'en servir dans le siège de Troie : il craignit un homme qui lui donnerait de sages conseils qu'il ne pourrait se résoudre à suivre ; il fut même jaloux de la gloire que cet homme ne manquerait pas d'acquérir bientôt ; il oublia tous ses services ; il le laissa ici pauvre, méprisé des hommes grossiers et lâches qui n'estiment que les richesses, mais content dans sa pauvreté. Il vit gaîment dans un endroit écarté de l'île, où il cultive son champ de ses propres mains. Un de ses fils travaille avec lui ; ils s'aiment tendrement ; ils sont heureux. Par leur frugalité et par leur travail, ils se sont mis dans l'abondance des choses nécessaires à une vie simple. Le sage vieillard donne aux pauvres malades de son voisinage tout ce qui lui reste au-delà de ses besoins et de ceux de son fils. Il fait travailler tous les jeunes gens ; il les exhorte, il les instruit ; il juge tous les différends de son voisinage ; il est le père de toutes les familles. Le malheur de la sienne est d'avoir un second fils qui n'a voulu suivre aucun de ses conseils. Le père, après l'avoir longtemps souffert pour tâcher de le corriger de ses vices, l'a enfin chassé : il s'est abandonné à une folle ambition et à tous les plaisirs.

Voilà, ô Crétois, ce qu'on m'a raconté : vous devez savoir si ce récit est véritable. Mais si cet homme est tel qu'on le dépeint, pourquoi faire des jeux ? pourquoi assembler tant d'inconnus ? Vous avez au milieu de vous un homme qui vous connaît et que vous connaissez ; qui sait la guerre ; qui a montré son courage non seulement contre les flèches et contre les dards, mais contre l'affreuse pauvreté ; qui a méprisé les richesses acquises par la flatterie ; qui aime le travail ; qui sait combien l'agriculture est utile à un peuple ; qui déteste le faste ; qui ne se laisse point amollir par un amour aveugle de ses enfants ; qui aime la vertu de l'un, et qui condamne le vice de l'autre ; en un mot, un homme qui est déjà le père du peuple. Voilà votre roi, s'il est vrai que vous désiriez de faire régner chez vous les lois du sage Minos.

Tout le peuple s'écria : Il est vrai, Aristodème est tel que vous le dites ; c'est lui qui est digne de régner. Les vieillards le firent appeler : on le chercha dans la foule, où il était confondu avec les derniers du peuple. Il parut tranquille. On lui déclara qu'on le faisait roi. Il répondit : Je n'y puis consentir qu'à trois conditions : la première, que je quitterai la royauté dans deux ans, si je ne vous rends meilleurs que vous n'êtes, et si vous résistez aux lois ; la seconde, que je serai libre de continuer une vie simple et frugale ; la troisième, que mes enfants n'auront aucun rang et qu'après ma mort on les traitera sans distinction, selon leur mérite, comme le reste des citoyens.

À ces paroles, il s'éleva dans l'air mille cris de joie. Le diadème fut mis par le chef des vieillards, gardes des lois, sur la tête d'Aristodème. On fit des sacrifices à Jupiter et aux autres grands dieux. Aristodème nous fit des présents, non pas avec la magnificence ordinaire aux rois, mais avec une noble simplicité. Il donna à Hazaël les lois de Minos écrites de la main de Minos même ; il lui donna aussi un recueil de toute l'histoire de Crète, depuis Saturne et l'âge d'or ; il fit mettre dans son vaisseau des fruits de toutes les espèces qui sont bonnes en Crète et inconnues dans la Syrie, et lui offrit tous les secours dont il pourrait avoir besoin.

Comme nous pressions notre départ, il nous fit préparer un vaisseau avec un grand nombre de bons rameurs et d'hommes armés ; il y fit mettre des habits pour nous et des provisions. À l'instant même il s'éleva un vent favorable pour aller à Ithaque : ce vent, qui était contraire à Hazaël, le contraignit d'attendre. Il nous vit partir ; il nous embrassa comme des amis qu'il ne devait jamais revoir. Les dieux sont justes, disait-il ; ils voient une amitié qui n'est fondée que sur la vertu : un jour ils nous réuniront ; et ces champs fortunés, où l'on dit que les justes jouissent après la mort d'une paix éternelle, verront nos âmes se rejoindre pour ne se séparer jamais. Ô si mes cendres pouvaient aussi être recueillies avec les vôtres !... En prononçant ces mots, il versait des torrents de larmes, et les soupirs étouffaient sa voix. Nous ne pleurions pas moins que lui : et il nous conduisit au vaisseau.

Pour Aristodème, il nous dit : C'est vous qui venez de me faire roi ; souvenez-vous des dangers où vous m'avez mis. Demandez aux dieux qu'ils m'inspirent la vraie sagesse, et que je surpasse autant en modération les autres hommes, que je les surpasse en autorité. Pour moi, je les prie de vous conduire heureusement dans votre patrie, d'y confondre l'insolence de vos ennemis, et de vous y faire voir en paix Ulysse régnant avec sa chère Pénélope. Télémaque, je vous donne un bon vaisseau plein de rameurs et d'hommes armés ; ils pourront vous servir contre ces hommes injustes qui persécutent votre mère. Ô Mentor, votre sagesse, qui n'a besoin de rien, ne me laisse rien à désirer pour vous. Allez tous deux, vivez heureux ensemble ; souvenez-vous d'Aristodème : et si jamais les Ithaciens ont besoin des Crétois, comptez sur moi jusqu'au dernier soupir de ma vie. Il nous embrassa ; et nous ne pûmes, en le remerciant, retenir nos larmes.

Cependant le vent qui enflait nos voiles nous promettait une douce navigation. Déjà le mont Ida n'était plus à nos yeux que comme une colline ; tous les rivages disparaissaient ; les côtes du Péloponèse semblaient s'avancer dans la mer pour venir au-devant de nous. Tout à coup une noire tempête enveloppa le ciel *, et irrita toutes les ondes de la mer. Le jour se changea en nuit, et la mort se présenta à nous *. Ô Neptune, c'est vous qui excitâtes, par votre superbe trident, toutes les eaux de votre empire ! Vénus, pour se venger de ce que nous l'avions méprisée jusque dans son temple de Cythère, alla trouver ce dieu ; elle lui parla avec douleur ; ses beaux yeux étaient baignés de larmes : du moins, c'est ainsi que Mentor, instruit des choses divines, me l'a assuré. Souffrirez-vous, Neptune, disait-elle, que ces impies se jouent impunément de ma puissance ? Les dieux mêmes la sentent ; et ces téméraires mortels ont osé condamner tout ce qui se fait dans mon île. Ils se piquent d'une sagesse à toute épreuve, et ils traitent l'amour de folie. Avez-vous oublié que je suis née dans votre empire ? Que tardez-vous à ensevelir dans vos profonds abîmes ces deux hommes que je ne puis sentir ?

À peine avait-elle parlé, que Neptune souleva les flots jusqu'au ciel : et Vénus rit, croyant notre naufrage inévitable. Notre pilote, troublé, s'écria qu'il ne pouvait plus résister aux vents qui nous poussaient avec violence vers les rochers : un coup de vent rompit notre mât ; et, un moment après, nous entendîmes les pointes des rochers qui entrouvraient le fond du navire. L'eau entre de tous côtés ; le navire s'enfonce ; tous nos rameurs poussent de lamentables cris vers le ciel. J'embrasse Mentor, et je lui dis : Voici la mort ; il faut la recevoir avec courage. Les dieux ne nous ont délivrés de tant de périls, que pour nous faire périr aujourd'hui. Mourons, Mentor, mourons. C'est une consolation pour moi de mourir avec vous ; il serait inutile de disputer notre vie contre la tempête.

Mentor me répondit : Le vrai courage trouve toujours quelque ressource. Ce n'est pas assez d'être prêt à recevoir tranquillement la mort ; il faut, sans la craindre, faire tous ses efforts pour la repousser. Prenons, vous et moi, un de ces grands bancs de rameurs. Tandis que cette multitude d'hommes timides et troublés regrette la vie sans chercher les moyens de la conserver, ne perdons pas un moment pour sauver la nôtre. Aussitôt il prend une hache, il achève de couper le mât qui était déjà rompu, et qui, penchant dans la mer, avait mis le vaisseau sur le côté ; il jette le mât hors du vaisseau, et s'élance dessus au milieu des ondes furieuses ; il m'appelle par mon nom, et m'encourage pour le suivre. Tel qu'un grand arbre que tous les vents conjurés attaquent, et qui demeure immobile sur ses profondes racines, en sorte que la tempête ne fait qu'agiter ses feuilles * ; de même Mentor, non seulement ferme et courageux, mais doux et tranquille, semblait commander aux vents et à la mer. Je le suis : et qui aurait pu ne pas le suivre, étant encouragé par lui ?

Nous nous conduisions nous-mêmes sur ce mât flottant. C'était un grand secours pour nous, car nous pouvions nous asseoir dessus ; et, s'il eût fallu nager sans relâche, nos forces eussent été bientôt épuisées. Mais souvent la tempête faisait tourner cette grande pièce de bois, et nous nous trouvions enfoncés dans la mer : alors nous buvions l'onde amère, qui coulait de notre bouche, de nos narines, et de nos oreilles : nous étions contraints de disputer contre les flots, pour rattraper le dessus de ce mât. Quelquefois aussi une vague haute comme une montagne venait passer sur nous ; et nous nous tenions fermes, de peur que, dans cette violente secousse, le mât, qui était notre unique espérance, ne nous échappât.

Pendant que nous étions dans cet état affreux, Mentor, aussi paisible qu'il l'est maintenant sur ce siège de gazon, me disait : Croyez-vous, Télémaque, que votre vie soit abandonnée aux vents et aux flots ? Croyez-vous qu'ils puissent vous faire périr sans l'ordre des dieux ? Non, non ; les dieux décident de tout. C'est donc les dieux, et non pas la mer, qu'il faut craindre. Fussiez-vous au fond des abîmes, la main de Jupiter pourrait vous en tirer. Fussiez-vous dans l'Olympe, voyant les astres sous vos pieds, Jupiter pourrait vous plonger au fond de l'abîme, ou vous précipiter dans les flammes du noir Tartare. J'écoutais et j'admirais ce discours, qui me consolait un peu ; mais je n'avais pas l'esprit assez libre pour lui répondre. Il ne me voyait point : je ne pouvais le voir. Nous passâmes toute la nuit, tremblants de froid et demi-morts, sans savoir où la tempête nous jetait. Enfin les vents commencèrent à s'apaiser ; et la mer mugissante ressemblait à une personne qui, ayant été longtemps irritée, n'a plus qu'un reste de trouble et d'émotion, étant lasse de se mettre en fureur ; elle grondait sourdement, et ses flots n'étaient presque plus que comme les sillons qu'on trouve dans un champ labouré.

Cependant, l'Aurore vint ouvrir au Soleil les portes du ciel et nous annonça un beau jour. L'orient était tout en feu ; et les étoiles, qui avaient été si longtemps cachées, reparurent, et s'enfuirent à l'arrivée de Phébus. Nous aperçûmes de loin la terre, et le vent nous en approchait : alors je sentis l'espérance renaître dans mon cœur. Mais nous n'aperçûmes aucun de nos compagnons : selon les apparences, ils perdirent courage, et la tempête les submergea tous avec le vaisseau. Quand nous fûmes auprès de la terre, la mer nous poussait contre des pointes de rochers qui nous eussent brisés ; mais nous tâchions de leur présenter le bout de notre mât : et Mentor faisait de ce mât ce qu'un sage pilote fait du meilleur gouvernail. Ainsi nous évitâmes ces rochers affreux, et nous trouvâmes enfin une côte douce et unie où, nageant sans peine, nous abordâmes sur le sable. C'est là que vous nous vîtes, ô grande déesse qui habitez cette île ; c'est là que vous daignâtes nous recevoir.

Livre sixième

SOMMAIRE

Calypso, ravie d'admiration par le récit de Télémaque, conçoit une violente passion pour lui et met tout en œuvre pour faire naître chez lui le même sentiment. – Vénus, pour la seconder, amène dans l'île son fils Cupidon avec ordre de percer de ses flèches le cœur de Télémaque. – Celui-ci éprouve bientôt pour la nymphe Eucharis une folle passion qui excite la colère et la jalousie de Calypso. – Elle jure par le Styx de faire sortir Télémaque de son île, et elle presse Mentor de construire un vaisseau pour le conduire à Ithaque. – Cupidon persuade aux nymphes de brûler le navire. – À la vue des flammes, Télémaque éprouve une certaine joie ; mais le sage Mentor le précipite dans la mer et s'y jette avec lui. – Ils gagnent à la nage un autre navire alors arrêté auprès de l'île de Calypso.

Quand Télémaque eut achevé ce discours, toutes les nymphes, qui avaient été immobiles, les yeux attachés sur lui, se regardèrent les unes les autres. Elles se disaient avec étonnement : Quels sont donc ces deux hommes si chéris des dieux ? a-t-on jamais ouï parler d'aventures si merveilleuses ? Le fils d'Ulysse le surpasse déjà en éloquence, en sagesse et en valeur. Quelle mine ! quelle beauté ! quelle douceur ! quelle modestie ! mais quelle noblesse et quelle grandeur ! Si nous ne savions qu'il est fils d'un mortel, on le prendrait aisément pour Bacchus, pour Mercure, ou même pour le grand Apollon. Mais quel est ce Mentor, qui paraît un homme simple, obscur, et d'une médiocre condition ? Quand on le regarde de près, on trouve en lui je ne sais quoi audessus de l'homme.

Calypso écoutait ces discours avec un trouble qu'elle ne pouvait cacher : ses yeux errants allaient sans cesse de Mentor à Télémaque, et de Télémaque à Mentor. Quelquefois elle voulait que Télémaque recommençât cette longue histoire de ses aventures ; puis tout à coup elle s'interrompait elle-même. Enfin, se levant brusquement, elle mena Télémaque seul dans un bois de myrtes, où elle n'oublia rien pour savoir de lui si Mentor n'était point une divinité cachée sous la forme d'un homme. Télémaque ne pouvait le lui dire, car Minerve, en l'accompagnant sous la figure de Mentor, ne s'était point découverte à lui à cause de sa grande jeunesse. Elle ne se fiait pas encore assez à son secret pour lui confier ses desseins. D'ailleurs elle voulait l'éprouver par les plus grands dangers ; et, s'il eût su que Minerve était avec lui, un tel secours l'eût trop soutenu ; il n'aurait eu aucune peine à mépriser les accidents les plus affreux. Il prenait donc Minerve pour Mentor ; et tous les artifices de Calypso furent inutiles pour découvrir ce qu'elle désirait savoir.

Cependant toutes les nymphes, assemblées autour de Mentor, prenaient plaisir à le questionner. L'une lui demandait les circonstances de son voyage d'Éthiopie ; l'autre voulait savoir ce qu'il avait vu à Damas ; une autre lui demandait s'il avait connu autrefois Ulysse avant le siège de Troie. Il répondait à toutes avec douceur ; et ses paroles, quoique simples, étaient pleines de grâces.

Calypso ne les laissa pas longtemps dans cette conversation ; elle revint : et, pendant que ses nymphes se mirent à cueillir des fleurs en chantant pour amuser Télémaque, elle prit à l'écart Mentor pour le faire parler. La douce vapeur du sommeil ne coule pas plus doucement dans les yeux appesantis et dans tous les membres fatigués d'un homme abattu, que les paroles flatteuses de la déesse s'insinuaient pour enchanter le cœur de Mentor ; mais elle sentait toujours je ne sais quoi qui repoussait tous ses efforts, et qui se jouait de ses charmes. Semblable à un rocher escarpé qui cache son front dans les nues, et qui se joue de la rage des vents *, Mentor, immobile dans ses sages desseins, se laissait presser par Calypso; quelquefois même il lui laissait espérer qu'elle l'embarrasserait par ses questions, et qu'elle tirerait la vérité du fond de son cœur. Mais, au moment où elle croyait satisfaire sa curiosité, ses espérances s'évanouissaient : tout ce qu'elle s'imaginait tenir lui échappait tout à coup ; et une réponse courte de Mentor la replongeait dans ses incertitudes. Elle passait ainsi les journées, tantôt flattant Télémaque, tantôt cherchant les moyens de le détacher de Mentor, qu'elle n'espérait plus de faire parler. Elle employait ses plus belles nymphes à faire naître les feux de l'amour dans le cœur du jeune Télémaque ; et une divinité plus puissante qu'elle vint à son secours pour y réussir.

Vénus, toujours pleine de ressentiment du mépris que Mentor et Télémaque avaient témoigné pour le culte qu'on lui rendait dans l'île de Chypre, ne pouvait se consoler de voir que ces deux téméraires mortels eussent échappé aux vents et à la mer dans la tempête excitée par Neptune. Elle en fit des plaintes amères à Jupiter : mais le père des dieux, souriant, sans vouloir lui découvrir que Minerve, sous la figure de Mentor, avait sauvé le fils d'Ulysse, permit à Vénus de chercher les moyens de se venger de ces deux hommes. Elle quitte l'Olympe ; elle oublie les doux parfums qu'on brûle sur ses autels à Paphos, à Cythère et à Idalie ; elle vole dans son char attelé de colombes ; elle appelle son fils ; et, la douleur répandant sur son visage de nouvelles grâces, elle parla ainsi :

Vois-tu, mon fils ? ces deux hommes qui méprisent ta puissance et la mienne ? Qui voudra désormais nous adorer * ? Va, perce de tes flèches ces deux cœurs insensibles : descends avec moi dans cette île ; je parlerai à Calypso. Elle dit ; et, fendant les airs dans un nuage tout doré, elle se présenta à Calypso, qui, dans ce moment, était seule au bord d'une fontaine assez loin de sa grotte.

Malheureuse déesse, lui dit-elle, l'ingrat Ulysse vous a méprisée ; son fils, encore plus dur que lui, vous prépare un semblable mépris ; mais l'Amour vient lui-même pour vous venger. Je vous le laisse : il demeurera parmi vos nymphes, comme autrefois l'enfant Bacchus fut nourri par les nymphes de l'île de Naxos. Télémaque le verra comme un enfant ordinaire ; il ne pourra s'en défier, et il sentira bientôt son pouvoir. Elle dit ; et, remontant dans ce nuage doré d'où elle était sortie, elle laissa près elle une odeur d'ambroisie dont tous les bois de Calypso furent parfumés *.

L'amour demeura entre les bras de Calypso. Quoique déesse, elle sentit la flamme qui coulait déjà dans son sein. Pour se soulager, elle le donna aussitôt à la nymphe qui était auprès d'elle, nommée Eucharis. Mais, hélas ! dans la suite, combien de fois se repentit-elle de l'avoir fait ! D'abord rien ne paraissait plus innocent, plus doux, plus aimable, plus ingénu et plus gracieux, que cet enfant. À le voir enjoué, flatteur, toujours riant, on aurait cru qu'il ne pouvait donner que du plaisir : mais à peine s'était-on fié à ses caresses, qu'on y sentait je ne sais quoi d'empoisonné. L'enfant malin et trompeur ne caressait que pour trahir ; et il ne riait jamais que des maux cruels qu'il avait faits, ou qu'il voulait faire. Il n'osait approcher de Mentor, dont la sévérité l'épouvantait ; et il sentait que cet inconnu était invulnérable, en sorte qu'aucune de ses flèches n'aurait pu le percer. Pour les nymphes, elles sentirent bientôt les feux que cet enfant trompeur allume ; mais elles cachaient avec soin la plaie profonde qui s'envenimait dans leurs cœurs.

Cependant Télémaque, voyant cet enfant qui se jouait avec les nymphes, fut surpris de sa douceur et de sa beauté. Il l'embrasse, il le prend tantôt sur ses genoux, tantôt entre ses bras ; il sent en lui-même une inquiétude dont il ne peut trouver la cause. Plus il cherche à se jouer innocemment, plus il se trouble et s'amollit. Voyez-vous ces nymphes ? disait-il à Mentor : combien sont-elles différentes de ces femmes de l'île de Chypre, dont la beauté était choquante à cause de leur immodestie ! Ces beautés immortelles montrent une innocence, une modestie, une simplicité qui charme. Parlant ainsi, il rougissait sans savoir pourquoi. Il ne pouvait s'empêcher de parler ; mais à peine avait-il commencé, qu'il ne pouvait continuer : ses paroles étaient entrecoupées, obscures, et quelquefois elles n'avaient aucun sens.

Mentor lui dit : Ô Télémaque, les dangers de l'île de Chypre n'étaient rien, si on les compare à ceux dont vous ne vous défiez pas maintenant. Le vice grossier fait horreur ; l'impudence brutale donne de l'indignation ; mais la beauté modeste est bien plus dangereuse : en l'aimant, on croit n'aimer que la vertu ; et insensiblement on se laisse aller aux appas trompeurs d'une passion qu'on n'aperçoit que quand il n'est presque plus temps de l'éteindre. Fuyez, ô mon cher Télémaque, fuyez ces nymphes, qui ne sont si discrètes que pour vous mieux tromper ; fuyez les dangers de votre jeunesse : mais surtout fuyez cet enfant que vous ne connaissez pas. C'est l'Amour, que Vénus, sa mère, est venue apporter dans cette île, pour se venger du mépris que vous avez témoigné pour le culte qu'on lui rend à Cythère : il a blessé le cœur de la déesse Calypso ; elle est passionnée pour vous : il a brûlé toutes les nymphes qui l'environnent ; vous brûlez vous-même, ô malheureux jeune homme, presque sans le savoir.

Télémaque interrompait souvent Mentor, en lui disant : Pourquoi ne demeurerions-nous pas dans cette île ? Ulysse ne vit plus ; il doit être depuis longtemps enseveli dans les ondes : Pénélope, ne voyant revenir ni lui ni moi, n'aura pu résister à tant de prétendants : son père Icare l'aura contrainte d'accepter un nouvel époux. Retournerai-je à Ithaque pour la voir engagée dans de nouveaux liens, et manquant à la foi qu'elle avait donnée à mon père ! Les Ithaciens ont oublié Ulysse. Nous ne pourrions y retourner que pour chercher une mort assurée, puisque les amants de Pénélope ont occupé toutes les avenues du port, pour mieux assurer notre perte à notre retour.

Mentor répondait : Voilà l'effet d'une aveugle passion. On cherche avec subtilité toutes les raisons qui la favorisent, et on se détourne de peur de voir toutes celles qui la condamnent. On n'est plus ingénieux que pour se tromper, et pour étouffer ses remords. Avez-vous oublié tout ce que les dieux ont fait pour vous ramener dans votre patrie ? Comment êtes-vous sorti de la Sicile ? Les malheurs que vous avez éprouvés en Égypte ne se sont-ils pas tournés tout à coup en prospérités ? Quelle main inconnue vous a enlevé à tous les dangers qui menaçaient votre tête dans la ville de Tyr ? Après tant de merveilles, ignorez-vous encore ce que les destinées vous ont préparé ? Mais que dis-je ? vous en êtes indigne. Pour moi, je pars, et je saurai bien sortir de cette île. Lâche fils d'un père si sage et si généreux ! menez ici une vie molle et sans honneur au milieu des femmes ; faites, malgré les dieux, ce que votre père crut indigne de lui.

Ces paroles de mépris percèrent Télémaque jusqu'au fond du cœur. Il se sentait attendri pour Mentor ; sa douleur était mêlée de honte ; il craignait l'indignation et le départ de cet homme si sage à qui il devait tant : mais une passion naissante, et qu'il ne connaissait pas lui-même, faisait qu'il n'était plus le même homme. Quoi donc ! disait-il à Mentor, les larmes aux yeux, vous ne comptez pour rien l'immortalité qui m'est offerte par la déesse ? Je compte pour rien, répondait Mentor, tout ce qui est contre la vertu et contre les ordres des dieux. La vertu vous rappelle dans votre patrie pour revoir Ulysse et Pénélope ; la vertu vous défend de vous abandonner à une folle passion. Les dieux, qui vous ont délivré de tant de périls pour vous préparer une gloire égale à celle de votre père, vous ordonnent de quitter cette île. L'Amour seul, ce honteux tyran, peut vous y retenir. Eh ! que feriez-vous d'une vie immortelle, sans liberté, sans vertu, sans gloire ? Cette vie serait encore plus malheureuse, en ce qu'elle ne pourrait finir.

Télémaque ne répondait à ce discours que par des soupirs. Quelquefois il aurait souhaité que Mentor l'eût arraché malgré lui de cette île ; quelquefois il lui tardait que Mentor fût parti, pour n'avoir plus devant ses yeux cet ami sévère qui lui reprochait sa faiblesse. Toutes ces pensées contraires agitaient tour à tour son cœur, et aucune n'y était constante : son cœur était comme la mer, qui est le jouet de tous les vents contraires. Il demeurait souvent étendu et immobile sur le rivage de la mer, souvent dans le fond de quelque bois sombre, versant des larmes amères et poussant des cris semblables aux rugissements d'un lion. Il était devenu maigre, ses yeux creux étaient pleins d'un feu dévorant ; à le voir pâle, abattu et défiguré, on aurait cru que ce n'était point Télémaque. Sa beauté, son enjouement, sa noble fierté, s'enfuyaient loin de lui. Il périssait : tel qu'une fleur qui étant épanouie le matin, répand ses doux parfums dans la campagne, et se flétrit peu à peu vers le soir, ses vives couleurs s'effacent ; elle languit, elle se dessèche, et sa belle tête se penche, ne pouvant plus se soutenir : ainsi le fils d'Ulysse était aux portes de la mort.

Mentor, voyant que Télémaque ne pouvait résister à la violence de sa passion, conçut un dessein plein d'adresse pour le délivrer d'un si grand danger. Il avait remarqué que Calypso aimait éperdument Télémaque, et que Télémaque n'aimait pas moins la jeune nymphe Eucharis ; car le cruel Amour, pour tourmenter les mortels, fait qu'on n'aime guère la personne dont on est aimé. Mentor résolut d'exciter la jalousie de Calypso. Eucharis devait emmener Télémaque dans une chasse. Mentor dit à Calypso : J'ai remarqué dans Télémaque une passion pour la chasse, que je n'avais jamais vue en lui ; ce plaisir commence à le dégoûter de tout autre : il n'aime plus que les forêts et les montagnes les plus sauvages. Est-ce vous, ô déesse, qui lui inspirez cette grande ardeur ?

Calypso sentit un dépit cruel en écoutant ces paroles, et elle ne put se retenir. Ce Télémaque, répondit-elle, qui a méprisé tous les plaisirs de l'île de Chypre, ne peut résister à la médiocre beauté d'une de mes nymphes. Comment ose-t-il se vanter d'avoir fait tant d'actions merveilleuses, lui dont le cœur s'amollit lâchement par la volupté, et qui ne semble né que pour passer une vie obscure au milieu des femmes ? Mentor, remarquant avec plaisir combien la jalousie troublait le cœur de Calypso, n'en dit pas davantage, de peur de la mettre en défiance de lui ; il lui montrait seulement le visage triste et abattu. La déesse lui découvrait ses peines sur toutes les choses qu'elle voyait, et elle faisait sans cesse des plaintes nouvelles. Cette chasse, dont Mentor l'avait avertie, acheva de la mettre en fureur. Elle sut que Télémaque n'avait cherché qu'à se dérober aux autres nymphes pour parler à Eucharis. On proposait même déjà une seconde chasse, où elle prévoyait qu'il ferait comme dans la première. Pour rompre les mesures de Télémaque, elle déclara qu'elle en voulait être. Puis, tout à coup, ne pouvant plus modérer son ressentiment, elle lui parla ainsi :

Est-ce donc ainsi, ô jeune téméraire, que tu es venu dans mon île pour échapper au juste naufrage que Neptune te préparait, et à la vengeance des dieux ? N'es-tu entré dans cette île, qui n'est ouverte à aucun mortel que pour mépriser ma puissance et l'amour que je t'ai témoigné ? Ô divinités de l'Olympe et du Styx, écoutez une malheureuse déesse ! hâtez-vous de confondre ce perfide, cet ingrat, cet impie. Puisque tu es encore plus dur et plus injuste que ton père, puisses-tu souffrir des maux encore plus longs et plus cruels que les siens ! Non, non, que jamais tu ne revoies ta patrie, cette pauvre et misérable Ithaque, que tu n'as point eu honte de préférer à l'immortalité ! ou plutôt que tu périsses, en la voyant de loin, au milieu de la mer ; et que ton corps, devenu le jouet des flots, soit rejeté, sans espérance de sépulture, sur le sable de ce rivage ! Que mes yeux le voient mangé par les vautours ! Celle que tu aimes le verra aussi ; elle le verra : elle en aura le cœur déchiré ; et son désespoir fera mon bonheur !

En parlant ainsi, Calypso avait les yeux rouges et enflammés : ses regards ne s'arrêtaient jamais en aucun endroit ; ils avaient je ne sais quoi de sombre et de farouche. Ses joues tremblantes étaient couvertes de taches noires et livides * ; elles changeaient à chaque moment de couleur. Souvent une pâleur mortelle se répandait sur tout son visage : ses larmes ne coulaient plus, comme autrefois, avec abondance : la rage et le désespoir semblaient en avoir tari la source, et à peine en coulait-il quelqu'une sur ses joues. Sa voix était rauque, tremblante et entrecoupée. Mentor observait tous ses mouvements, et ne parlait plus à Télémaque. Il le traitait comme un malade désespéré qu'on abandonne ; il jetait souvent sur lui des regards de compassion.

Télémaque sentait combien il était coupable, et indigne de l'amitié de Mentor. Il n'osait lever les yeux, de peur de rencontrer ceux de son ami, dont le silence même le condamnait. Quelquefois il avait envie d'aller se jeter à son cou, et de lui témoigner combien il était touché de sa faute : mais il était retenu, tantôt par une mauvaise honte, et tantôt par la crainte d'aller plus loin qu'il ne voulait pour se tirer du péril ; car le péril lui semblait doux, et il ne pouvait encore se résoudre à vaincre sa folle passion.

Les dieux et les déesses de l'Olympe, assemblés dans un profond silence, avaient les yeux attachés sur l'île de Calypso, pour voir qui serait victorieux, ou de Minerve ou de l'Amour. L'Amour, en se jouant avec les nymphes, avait mis tout en feu dans l'île. Minerve, sous la figure de Mentor, se servait de la jalousie, inséparable de l'amour, contre l'Amour même. Jupiter avait résolu d'être le spectateur de ce combat, et de demeurer neutre.

Cependant Eucharis, qui craignait que Télémaque ne lui échappât, usait de mille artifices pour le retenir dans ses liens. Déjà elle allait partir avec lui pour la seconde chasse, et elle était vêtue comme Diane. Vénus et Cupidon avaient répandu sur elle de nouveaux charmes * ; en sorte que ce jour-là sa beauté effaçait celle de la déesse Calypso même. Calypso, la regardant de loin, se regarda en même temps dans la plus claire de ses fontaines ; et elle eut honte de se voir. Alors elle se cacha au fond de sa grotte, et parla ainsi toute seule :

Il ne me sert donc de rien d'avoir voulu troubler ces deux amants, en déclarant que je veux être de cette chasse ! En serai-je ? Irai-je la faire triompher, et faire servir ma beauté à relever la sienne ? Faudra-t-il que Télémaque, en me voyant, soit encore plus passionné pour son Eucharis ? Ô malheureuse ! qu'ai-je fait ? Non, je n'y irai pas, ils n'y iront pas eux-mêmes, je saurais bien les en empêcher. Je vais trouver Mentor ; je le prierai d'enlever Télémaque : il le remmènera à Ithaque, que dis-je ? et que deviendrai-je quand Télémaque sera parti ? Où suis-je ? Que reste-t-il à faire ? Ô cruelle Vénus ! Vénus, vous m'avez trompée ! ô perfide présent que vous m'avez fait ! Pernicieux enfant ! Amour empesté ! je ne t'avais ouvert mon cœur, que dans l'espérance de vivre heureuse avec Télémaque : et tu n'as porté dans ce cœur que trouble et que désespoir ! Mes nymphes sont révoltées contre moi. Ma divinité ne me sert plus qu'à rendre mon malheur éternel *. Ô si j'étais libre de me donner la mort pour finir mes douleurs ! Télémaque, il faut que tu meures, puisque je ne puis mourir ! Je me vengerai de tes ingratitudes : ta nymphe le verra, et je te percerai à ses yeux. Mais je m'égare. Ô malheureuse Calypso ! que veux-tu ? Faire périr un innocent que tu as jeté toi-même dans cet abîme de malheurs ? C'est moi qui ai mis le flambeau fatal dans le sein du chaste Télémaque. Quelle innocence ! quelle vertu ! quelle horreur du vice ! quel courage contre les honteux plaisirs ! Fallait-il empoisonner son cœur ? Il m'eût quittée ! Eh bien ! ne faudra-t-il pas qu'il me quitte, ou que je le voie plein de mépris pour moi, ne vivant plus que pour ma rivale ? Non, non, je ne souffre que ce que j'ai bien mérité. Pars, Télémaque, va-t'en au-delà des mers : laisse Calypso sans consolation, ne pouvant supporter la vie, ni trouver la mort : laisse-la inconsolable, couverte de honte, désespérée, avec ton orgueilleuse Eucharis.

Elle parlait ainsi seule dans sa grotte : mais tout à coup elle sort impétueusement. Où êtes-vous, ô Mentor ? dit-elle. Est-ce ainsi que vous soutenez Télémaque contre le vice auquel il succombe ? Vous dormez, pendant que l'Amour veille contre vous. Je ne puis souffrir plus longtemps cette lâche indifférence que vous témoignez. Verrez-vous toujours tranquillement le fils d'Ulysse déshonorer son père, et négliger sa haute destinée ? Est-ce à vous ou à moi que ses parents ont confié sa conduite ? C'est moi qui cherche les moyens de guérir son cœur ; et vous, ne ferez-vous rien ? Il y a, dans le lieu le plus reculé de cette forêt, de grands peupliers propres à construire un vaisseau ; c'est là qu'Ulysse fit celui dans lequel il sortit de cette île. Vous trouverez au même endroit une profonde caverne, où sont tous les instruments nécessaires pour tailler et pour joindre toutes les pièces d'un vaisseau.

À peine eut-elle dit ces paroles, qu'elle s'en repentit. Mentor ne perdit pas un moment : il alla dans cette caverne, trouva les instruments, abattit les peupliers, et mit en un seul jour un vaisseau en état de voguer. C'est que la puissance et l'industrie de Minerve n'ont pas besoin d'un grand temps pour achever les plus grands ouvrages.

Calypso se trouva dans une horrible peine d'esprit : d'un côté, elle voulait voir si le travail de Mentor s'avançait ; de l'autre, elle ne pouvait se résoudre à quitter la chasse, où Eucharis aurait été en pleine liberté avec Télémaque. La jalousie ne lui permit jamais de perdre de vue les deux amants : mais elle tâchait de tourner la chasse du côté où elle savait que Mentor faisait le vaisseau. Elle entendait les coups de hache et de marteau : elle prêtait l'oreille ; chaque coup la faisait frémir. Mais dans le moment même, elle craignait que cette rêverie ne lui eût dérobé quelque signe ou quelque coup d'œil de Télémaque à la jeune nymphe.

Cependant Eucharis disait à Télémaque d'un ton moqueur : Ne craignez-vous point que Mentor ne vous blâme d'être venu à la chasse sans lui ? Ô que vous êtes à plaindre de vivre sous un si rude maître ! Rien ne peut adoucir son austérité : il affecte d'être ennemi de tous les plaisirs ; il ne peut souffrir que vous en goûtiez aucun ; il vous fait un crime des choses les plus innocentes. Vous pouviez dépendre de lui pendant que vous étiez hors d'état de vous conduire vous-même ; mais après avoir montré tant de sagesse, vous ne devez plus vous laisser traiter en enfant.

Ces paroles artificieuses perçaient le cœur de Télémaque, et le remplissaient de dépit contre Mentor, dont il voulait secouer le joug. Il craignait de le revoir, et ne répondait rien à Eucharis, tant il était troublé. Enfin, vers le soir, la chasse s'étant passée de part et d'autre dans une contrainte perpétuelle, on revint par un coin de la forêt assez voisin du lieu où Mentor avait travaillé tout le jour. Calypso aperçut de loin le vaisseau achevé : ses yeux se couvrirent à l'instant d'un épais nuage, semblable à celui de la mort. Ses genoux tremblants se dérobaient sous elle : une froide sueur courut par tous les membres de son corps * : elle fut contrainte de s'appuyer sur les nymphes qui l'environnaient ; et Eucharis lui tendant la main pour la soutenir, elle la repoussa en jetant sur elle un regard terrible.

Télémaque, qui vit ce vaisseau, mais qui ne vit point Mentor, parce qu'il s'était déjà retiré, ayant fini son travail, demanda à la déesse à qui était ce vaisseau, et à quoi on le destinait. D'abord elle ne put répondre ; mais enfin elle dit : C'est pour renvoyer Mentor que je l'ai fait faire ; vous ne serez plus embarrassé par cet ami sévère, qui s'oppose à votre bonheur, et qui serait jaloux si vous deveniez immortel.

Mentor m'abandonne ! c'est fait de moi ! s'écria Télémaque. Ô Eucharis ! si Mentor me quitte, je n'ai plus que vous. Ces paroles lui échappèrent dans le transport de sa passion. Il vit le tort qu'il avait eu en les disant ; mais il n'avait pas été libre de penser au sens de ses paroles. Toute la troupe étonnée demeura dans le silence. Eucharis, rougissant et baissant les yeux, demeurait derrière, tout interdite, sans oser se montrer. Mais pendant que la honte était sur son visage, la joie était au fond de son cœur. Télémaque ne se comprenait plus lui-même, et ne pouvait croire qu'il eût parlé si indiscrètement. Ce qu'il avait fait lui paraissait comme un songe mais un songe dont il demeurait confus et troublé.

Calypso, plus furieuse qu'une lionne à qui on a enlevé ses petits, courait au travers de la forêt, sans suivre aucun chemin, et ne sachant où elle allait *. Enfin elle se trouva à l'entrée de sa grotte, où Mentor l'attendait. Sortez de mon île, dit-elle, ô étrangers, qui êtes venus troubler mon repos : loin de moi ce jeune insensé ! Et vous, imprudent vieillard, vous sentirez ce que peut le courroux d'une déesse, si vous ne l'arrachez d'ici tout à l'heure. Je ne veux plus le voir ; je ne veux plus souffrir qu'aucune de mes nymphes lui parle ni le regarde. J'en jure par les ondes du Styx, serment qui fait trembler les dieux mêmes *. Mais apprends, Télémaque, que tes maux ne sont pas finis : ingrat, tu ne sortiras de mon île que pour être en proie à de nouveaux malheurs. Je serai vengée : tu regretteras Calypso, mais en vain. Neptune, encore irrité contre ton père qui l'a offensé en Sicile, et sollicité par Vénus que tu as méprisée dans l'île de Chypre, te prépare d'autres tempêtes. Tu verras ton père, qui n'est pas mort ; mais tu le verras sans le connaître. Tu ne te réuniras avec lui en Ithaque qu'après avoir été le jouet de la plus cruelle fortune. Va : je conjure les puissances célestes de me venger. Puisses-tu au milieu des mers, suspendu aux pointes d'un rocher, et frappé de la foudre, invoquer en vain Calypso, que ton supplice comblera de joie * !

Ayant dit ces paroles, son esprit agité était déjà prêt à prendre des résolutions contraires. L'Amour rappela dans son cœur le désir de retenir Télémaque. Qu'il vive, disait-elle en elle-même, qu'il demeure ici ; peut-être qu'il sentira enfin tout ce que j'ai fait pour lui. Eucharis ne saurait, comme moi, lui donner l'immortalité. Ô trop aveugle Calypso ! tu t'es trahie toi-même par ton serment : te voilà engagée ; et les ondes du Styx par lesquelles tu as juré ne te permettent plus aucune espérance. Personne n'entendait ces paroles : mais on voyait sur son visage les Furies peintes, et tout le venin empesté du noir Cocyte semblait s'exhaler de son cœur.

Télémaque en fut saisi d'horreur. Elle le comprit ; car qu'est-ce que l'amour jaloux ne devine pas ? et l'horreur de Télémaque redoubla les transports de la déesse. Semblable à une bacchante qui remplit l'air de ses hurlements, et qui en fait retentir les hautes montagnes de Thrace *, elle court au travers des bois avec un dard en main, appelant toutes ses nymphes, et menaçant de percer toutes celles qui ne la suivront pas. Elles courent en foule, effrayées de cette menace. Eucharis même s'avance les larmes aux yeux, et regardant de loin Télémaque, à qui elle n'ose plus parler. La déesse frémit en la voyant auprès d'elle ; et, loin de s'apaiser par la soumission de cette nymphe, elle ressent une nouvelle fureur, voyant que l'affliction augmente la beauté d'Eucharis.

Cependant Télémaque était demeuré seul avec Mentor. Il embrasse ses genoux (car il n'osait l'embrasser autrement, ni le regarder) ; il verse un torrent de larmes ; il veut parler, la voix lui manque ; les paroles lui manquent encore davantage : il ne sait ni ce qu'il doit faire, ni ce qu'il fait, ni ce qu'il veut. Enfin il s'écrie : Ô mon vrai père ! ô Mentor ! délivrez-moi de tant de maux ! je ne puis ni vous abandonner ni vous suivre. Délivrez-moi de tant de maux, délivrez-moi de moi-même ; donnez-moi la mort.

Mentor l'embrasse, le console, l'encourage, lui apprend à se supporter lui-même, sans flatter sa passion, et lui dit : Fils du sage Ulysse, que les dieux ont tant aimé, et qu'ils aiment encore, c'est par un effet de leur amour que vous souffrez des maux si horribles. Celui qui n'a point senti sa faiblesse, et la violence de ses passions, n'est point encore sage ; car il ne se connaît point encore, et ne sait point se défier de soi. Les dieux vous ont conduit comme par la main jusqu'au bord de l'abîme, pour vous en montrer toute la profondeur, sans vous y laisser tomber. Comprenez maintenant ce que vous n'auriez jamais compris si vous ne l'aviez éprouvé. On vous aurait parlé des trahisons de l'Amour, qui flatte pour perdre, et qui, sous une apparence de douceur, cache les plus affreuses amertumes. Il est venu cet enfant plein de charmes, parmi les ris, les jeux et les grâces. Vous l'avez vu ; il a enlevé votre cœur, et vous avez pris plaisir à le lui laisser enlever. Vous cherchiez des prétextes pour ignorer l'état de votre cœur. Vous cherchiez à me tromper, et à vous flatter vous-même ; vous ne craigniez rien. Voyez le fruit de votre témérité : vous demandez maintenant la mort, et c'est l'unique espérance qui vous reste. La déesse troublée ressemble à une Furie infernale ; Eucharis brûle d'un feu plus cruel que toutes les douleurs de la mort ; toutes ces nymphes jalouses sont prêtes à s'entre-déchirer : et voilà ce que fait le traître Amour qui paraît si doux ! Rappelez tout votre courage. À quel point les dieux vous aiment-ils, puisqu'ils vous ouvrent un si beau chemin pour fuir l'Amour, et pour revoir votre chère patrie ! Calypso elle-même est contrainte de vous chasser. Le vaisseau est tout prêt ; que tardons-nous à quitter cette île, où la vertu ne peut habiter ?

En disant ces paroles, Mentor le prit par la main, et l'entraînait vers le rivage. Télémaque suivait à peine, regardant toujours derrière lui. Il considérait Eucharis, qui s'éloignait de lui. Ne pouvant voir son visage, il regardait ses beaux cheveux noués, ses habits flottants, et sa noble démarche. Il aurait voulu pouvoir baiser les traces de ses pas. Lors même qu'il la perdit de vue, il prêtait encore l'oreille, s'imaginant entendre sa voix. Quoique absente, il la voyait * : elle était peinte et comme vivante devant ses yeux : il croyait même parler à elle, ne sachant plus où il était, et ne pouvant écouter Mentor.

Enfin, revenant à lui comme d'un profond sommeil, il dit à Mentor : Je suis résolu de vous suivre, mais je n'ai pas encore dit adieu à Eucharis. J'aimerais mieux mourir, que de l'abandonner ainsi avec ingratitude. Attendez que je la revoie encore une dernière fois pour lui faire un éternel adieu. Au moins souffrez que je lui dise : Ô nymphe, les dieux cruels, les dieux jaloux de mon bonheur, me contraignent de partir ; mais ils m'empêcheront plutôt de vivre, que de me souvenir à jamais de vous *. Ô mon père, ou laissez-moi cette dernière consolation, qui est si juste, ou arrachez-moi la vie dans ce moment. Non, je ne veux, ni demeurer dans cette île, ni m'abandonner à l'amour. L'amour n'est point dans mon cœur ; je ne me sens que de l'amitié et de la reconnaissance pour Eucharis. Il me suffit de le lui dire encore une fois, et je pars avec vous sans retardement.

Que j'ai pitié de vous ! répondit Mentor : votre passion est si furieuse que vous ne la sentez pas. Vous croyez être tranquille, et vous demandez la mort ! Vous osez dire que vous n'êtes point vaincu par l'amour, et vous ne pouvez vous arracher à la nymphe que vous aimez ! Vous ne voyez, vous n'entendez qu'elle ; vous êtes aveugle et sourd à tout le reste. Un homme que la fièvre rend frénétique dit : Je ne suis point malade. Ô aveugle Télémaque ! vous étiez prêt à renoncer à Pénélope qui vous attend, à Ulysse que vous verrez, à Ithaque où vous devez régner, à la gloire et à la haute destinée que les dieux vous ont promise par tant de merveilles qu'ils ont faites en votre faveur : vous renonciez à tous ces biens pour vivre déshonoré auprès d'Eucharis ! Direz-vous encore que l'amour ne vous attache point à elle ? Qu'est-ce donc qui vous trouble ? pourquoi voulez-vous mourir ? pourquoi avez-vous parlé devant la déesse avec tant de transport ? Je ne vous accuse point de mauvaise foi ; mais je déplore votre aveuglement. Fuyez, Télémaque, fuyez ! on ne peut vaincre l'Amour qu'en fuyant. Contre un tel ennemi, le vrai courage consiste à craindre et à fuir ; mais à fuir sans délibérer, et sans se donner à soi-même le temps de regarder jamais derrière soi. Vous n'avez pas oublié les soins que vous m'avez coûtés depuis votre enfance, et les périls dont vous êtes sorti par mes conseils : ou croyez-moi, ou souffrez que je vous abandonne. Si vous saviez combien il m'est douloureux de vous voir courir à votre perte ! Si vous saviez tout ce que j'ai souffert pendant que je n'ai osé vous parler ! la mère qui vous mit au monde souffrit moins dans les douleurs de l'enfantement. Je me suis tu ; j'ai dévoré ma peine ; j'ai étouffé mes soupirs, pour voir si vous reviendriez à moi. Ô mon fils ! mon cher fils ! soulagez mon cœur ; rendez-moi ce qui m'est plus cher que mes entrailles ; rendez-moi Télémaque, que j'ai perdu ; rendez-vous à vous-même. Si la sagesse en vous surmonte l'amour, je vis, et je vis heureux ; mais si l'amour vous entraîne malgré la sagesse, Mentor ne peut plus vivre.

Pendant que Mentor parlait ainsi, il continuait son chemin vers la mer ; et Télémaque, qui n'était pas encore assez fort pour le suivre de lui-même, l'était déjà assez pour se laisser mener sans résistance. Minerve, toujours caché sous la figure de Mentor, couvrant invisiblement Télémaque de son égide, et répandant autour de lui un rayon divin, lui fit sentir un courage qu'il n'avait point encore éprouvé depuis qu'il était dans cette île. Enfin, ils arrivèrent dans un endroit de l'île où le rivage de la mer était escarpé ; c'était un rocher toujours battu par l'onde écumante. Ils regardèrent de cette hauteur si le vaisseau que Mentor avait préparé était encore dans la même place ; mais ils aperçurent un triste spectacle.

L'Amour était vivement piqué de voir que ce vieillard inconnu non seulement était insensible à ses traits, mais encore lui enlevait Télémaque : il pleurait de dépit, et il alla trouver Calypso errante dans les sombres forêts. Elle ne put le voir sans gémir, et elle sentit qu'il rouvrait toutes les plaies de son cœur. L'Amour lui dit : Vous êtes déesse, et vous

vous laissez vaincre par un faible mortel qui est captif dans votre île ! pourquoi le laissez-vous sortir ? Ô malheureux Amour, répondit-elle, je ne veux plus écouter tes pernicieux conseils : c'est toi qui m'as tirée d'une douce et profonde paix, pour me précipiter dans un abîme de malheurs. C'en est fait ; j'ai juré par les ondes du Styx que je laisserais partir Télémaque. Jupiter même, le père des dieux, avec toute sa puissance, n'oserait contrevenir à ce redoutable serment. Télémaque sort de mon île : sors aussi, pernicieux enfant, tu m'as fait plus de mal que lui !

L'Amour, essuyant ses larmes, fit un souris moqueur et malin. En vérité, dit-il, voilà un grand embarras ! laissez-moi faire ; suivez votre serment ; ne vous opposez point au départ de Télémaque. Ni vos nymphes ni moi n'avons juré par les ondes du Styx de le laisser partir. Je leur inspirerai le dessein de brûler ce vaisseau que Mentor a fait avec tant de précipitation. Sa diligence, qui nous a surpris, sera inutile. Il sera surpris lui-même à son tour ; et il ne lui restera plus aucun moyen de vous arracher Télémaque.

Ces paroles flatteuses firent glisser l'espérance et la joie jusqu'au fond des entrailles de Calypso. Ce qu'un zéphyr fait par sa fraîcheur sur le bord d'un ruisseau, pour délasser les troupeaux languissants que l'ardeur de l'été consume, ce discours le fit pour apaiser le désespoir de la déesse. Son visage devint serein, ses yeux s'adoucirent, les noirs soucis qui rongeaient son cœur s'enfuirent pour un moment loin d'elle : elle s'arrêta, elle sourit, elle flatta le folâtre Amour ; et, en le flattant, elle se prépara de nouvelles douleurs.

L'Amour, content de l'avoir persuadée, alla pour persuader aussi les nymphes, qui étaient errantes et dispersées sur toutes les montagnes, comme un troupeau de moutons que la rage des loups affamés a mis en fuite loin du berger. L'Amour les rassemble, et leur dit : Télémaque est encore en vos mains ; hâtez-vous de brûler ce vaisseau que le téméraire Mentor a fait pour s'enfuir. Aussitôt elles allument des flambeaux ; elles accourent sur le rivage ; elles frémissent ; elles poussent des hurlements ; elles secouent leurs cheveux épars, comme des bacchantes. Déjà la flamme vole ; elle dévore le vaisseau, qui est d'un bois sec et enduit de résine ; des tourbillons de fumée et de flamme s'élèvent dans les nues *.

Télémaque et Mentor aperçoivent ce feu de dessus le rocher, et entendent les cris des nymphes. Télémaque fut tenté de s'en réjouir, car son cœur n'était pas encore guéri ; et Mentor remarquait que sa passion était comme un feu mal éteint, qui sort de temps en temps de dessous la cendre, et qui repousse de vives étincelles. Me voilà donc, dit Télémaque, rengagé dans mes liens ! Il ne nous reste plus aucune espérance de quitter cette île.

Mentor vit bien que Télémaque allait retomber dans toutes ses faiblesses, et qu'il n'y avait pas un seul moment à perdre. Il aperçut de loin au milieu des flots un vaisseau arrêté qui n'osait approcher de l'île, parce que tous les pilotes connaissaient que l'île de Calypso était inaccessible à tous les mortels. Aussitôt le sage Mentor poussant Télémaque, qui était assis au bord du rocher le précipite dans la mer, et s'y jette avec lui. Télémaque, surpris de cette violente chute, but l'onde amère, et devint le jouet des flots. Mais revenant à lui, et voyant Mentor qui lui tendait la main pour lui aider à nager, il ne songea plus qu'à s'éloigner de l'île fatale.

Les nymphes, qui avaient cru les tenir captifs, poussèrent des cris pleins de fureur, ne pouvant plus empêcher leur fuite. Calypso, inconsolable, rentra dans sa grotte, qu'elle remplit de ses hurlements. L'Amour, qui vit changer son triomphe en une honteuse défaite, s'éleva au milieu de l'air en secouant ses ailes, et s'envola dans le bocage d'Idalie, où sa cruelle mère l'attendait. L'enfant, encore plus cruel, ne se consola qu'en riant avec elle de tous les maux qu'il avait faits.

À mesure que Télémaque s'éloignait de l'île, il sentait avec plaisir renaître son courage, et son amour pour la vertu. J'éprouve, s'écriait-il parlant à Mentor, ce que vous me disiez, et que je ne pouvais croire, faute d'expérience : on ne surmonte le vice qu'en le fuyant. Ô mon père, que les dieux m'ont aimé en me donnant votre secours ! Je méritais d'en être privé, et d'être abandonné à moi-même. Je ne crains plus ni mers, ni vents, ni tempêtes ; je ne crains plus que mes passions. L'amour est lui seul plus à craindre que tous les naufrages.

Livre septième

SOMMAIRE

Adoam, frère de Narbal, commande le vaisseau vers lequel se dirigent Mentor et Télémaque. – Ils y sont reçus favorablement. – Adoam, qui reconnaît Télémaque, lui promet de le conduire à Ithaque et lui raconte la mort tragique de Pygmalion et d'Astarbé et l'élévation de Baléazar. – Télémaque, à son tour, fait le récit de ce qui lui est arrivé depuis son départ de Tyr. – Pendant un repas qu'Adoam donne à Télémaque et à Mentor, Achitoas, par la douceur de son chant et de sa lyre, assemble autour du vaisseau les Tritons, les Néréides et les autres divinités de la mer. – Mentor, à son tour, prend une lyre et en joue avec tant d'art qu'Achitoas jaloux laisse tomber la sienne de dépit. – Adoam raconte ensuite les merveilles de la Bétique. – Il décrit la douce température de l'air et toutes les beautés de ce pays dont les habitants mènent une vie tranquille dans une grande simplicité de mœurs.

Le vaisseau qui était arrêté, et vers lequel ils avançaient, était un vaisseau phénicien qui allait dans l'Épire. Ces Phéniciens avaient vu Télémaque au voyage d'Égypte ; mais ils n'avaient garde de le reconnaître au milieu des flots. Quand Mentor fut assez près du vaisseau pour faire entendre sa voix, il s'écria d'une voix forte, en élevant sa tête au-dessus de l'eau : Phéniciens, si secourables à toutes les nations, ne refusez pas la vie à deux hommes qui l'attendent de votre humanité. Si le respect des dieux vous touche, recevez-nous dans votre vaisseau ; nous irons partout où vous irez. Celui qui commandait répondit : Nous vous recevrons avec joie ; nous n'ignorons pas ce qu'on doit faire pour des inconnus qui paraissent si malheureux. Aussitôt on les reçoit dans le vaisseau.

À peine y furent-ils entrés, que, ne pouvant plus respirer, ils demeurèrent immobiles ; car ils avaient nagé longtemps et avec effort pour résister aux vagues. Peu à peu ils reprirent leurs forces : on leur donna d'autres habits, parce que les leurs étaient appesantis par l'eau qui les avait pénétrés, et qui coulait de tous côtés. Lorsqu'ils furent en état de parler, tous ces Phéniciens, empressés autour d'eux, voulaient savoir leurs aventures. Celui qui commandait leur dit : Comment avez-vous pu entrer dans cette île d'où vous sortez ? Elle est, dit-on, possédée par une déesse cruelle, qui ne souffre jamais qu'on y aborde. Elle est même bordée de rochers affreux, contre lesquels la mer va follement combattre, et on ne pourrait en approcher sans faire naufrage. Aussi est-ce par un naufrage, répondit Mentor, que nous y avons été jetés.

Nous sommes Grecs ; notre patrie est l'île d'Ithaque, voisine de l'Épire, où vous allez. Quand même vous ne voudriez pas relâcher en Ithaque, qui est sur votre route, il nous suffirait que vous nous menassiez dans l'Épire ; nous y trouverons des amis qui auront soin de nous faire faire le court trajet qui nous restera, et nous vous devrons à jamais la joie de revoir ce que nous avons de plus cher au monde.

Ainsi c'était Mentor qui portait la parole ; et Télémaque, gardant le silence, le laissait parler : car les fautes qu'il avait faites dans l'île de Calypso augmentèrent beaucoup sa sagesse. Il se défiait de lui-même ; il sentait le besoin de suivre toujours les sages conseils de Mentor ; et quand il ne pouvait lui parler pour lui demander ses avis, du moins il consultait ses yeux, et tâchait de deviner toutes ses pensées.

Le commandant phénicien, arrêtant ses yeux sur Télémaque, croyait se souvenir de l'avoir vu ; mais c'était un souvenir confus qu'il ne pouvait démêler. Souffrez, lui dit-il, que je vous demande si vous vous souvenez de m'avoir vu autrefois, comme il me semble que je me souviens de vous avoir vu. Votre visage ne m'est point inconnu, il m'a d'abord frappé ; mais je ne sais où je vous ai vu : votre mémoire aidera peut-être la mienne.

Alors Télémaque lui répondit avec un étonnement mêlé de joie : Je suis, en vous voyant, comme vous êtes à mon égard : je vous ai vu, je vous reconnais ; mais je ne puis me rappeler si c'est en Égypte ou à Tyr. Alors ce Phénicien, tel qu'un homme qui s'éveille le matin, et qui rappelle peu à peu de loin le songe fugitif qui a disparu à son réveil, s'écria tout à coup : Vous êtes Télémaque, que Narbal prit en amitié lorsque nous revînmes d'Égypte. Je suis son frère, dont il vous aura sans doute parlé souvent. Je vous laissai entre ses mains après l'expédition d'Égypte : il me fallut aller au-delà de toutes les mers dans la fameuse Bétique, auprès des Colonnes d'Hercule. Ainsi je ne fis que vous voir, et il ne faut pas s'étonner si j'ai eu tant de peine à vous reconnaître d'abord.

Je vois bien, répondit Télémaque, que vous êtes Adoam. Je ne fis presque alors que vous entrevoir ; mais je vous ai connu par les entretiens de Narbal. Ô quelle joie de pouvoir apprendre par vous des nouvelles d'un homme qui me sera toujours si cher ! Est-il toujours à Tyr ? ne souffre-t-il point quelque cruel traitement du soupçonneux et barbare Pygmalion ? Adoam répondit en l'interrompant : Sachez, Télémaque, que la fortune favorable vous confie à un homme qui prendra toutes sortes de soins de vous. Je vous ramènerai dans l'île d'Ithaque avant que d'aller en Épire, et le frère de Narbal n'aura pas moins d'amitié pour vous que Narbal même.

Ayant parlé ainsi, il remarqua que le vent qu'il attendait commençait à souffler ; il fit lever les ancres, mettre les voiles, et fendre la mer à force de rames. Aussitôt il prit à part Télémaque et Mentor pour les entretenir.

Je vais, dit-il, regardant Télémaque, satisfaire votre curiosité. Pygmalion n'est plus : les justes dieux en ont délivré la terre. Comme il ne se fiait à personne, personne ne pouvait se fier à lui. Les bons se contentaient de gémir, et de fuir ses cruautés, sans pouvoir se résoudre à lui faire aucun mal ; les méchants ne croyaient pouvoir assurer leurs vies qu'en finissant la sienne ; il n'y avait point de Tyrien qui ne fût chaque jour en danger d'être l'objet de ses défiances. Ses gardes mêmes étaient plus exposés que les autres : comme sa vie était entre leurs mains, il les craignait plus que tout le reste des hommes ; sur le moindre soupçon, il les sacrifiait à sa sûreté. Ainsi, à force de chercher sa sûreté, il ne pouvait plus la trouver. Ceux qui étaient les dépositaires de sa vie étaient dans un péril continuel par sa défiance, et ils ne pouvaient se tirer d'un état si horrible, qu'en prévenant, par la mort du tyran, ses cruels soupçons.

L'impie Astarbé, dont vous avez ouï parler si souvent, fut la première à résoudre la perte du roi. Elle aima passionnément un jeune Tyrien fort riche, nommé Joazar ; elle espéra de le mettre sur le trône. Pour réussir dans ce dessein, elle persuada au roi que l'aîné de ses deux fils, nommé Phadaël, impatient de succéder à son père, avait conspiré contre lui : elle trouva de faux témoins pour prouver la conspiration. Le malheureux roi fit mourir son fils innocent. Le second, nommé Baléazar, fut envoyé à Samos, sous prétexte d'apprendre les mœurs et les sciences de la Grèce ; mais en effet parce qu'Astarbé fit entendre au roi qu'il fallait l'éloigner, de peur qu'il ne prît des liaisons avec les mécontents. À peine fut-il parti, que ceux qui conduisaient le vaisseau, ayant été corrompus par cette femme cruelle, prirent leurs mesures pour faire naufrage pendant la nuit ; ils se sauvèrent en nageant jusqu'à des barques étrangères qui les attendaient, et ils jetèrent le jeune prince au fond de la mer.

Cependant les amours d'Astarbé n'étaient ignorées que de Pygmalion, et il s'imaginait qu'elle n'aimerait jamais que lui seul. Ce prince si défiant était ainsi plein d'une aveugle confiance pour cette méchante femme : c'était l'amour qui l'aveuglait jusqu'à cet excès. En même temps l'avarice lui fit chercher des prétextes pour faire mourir Joazar, dont Astarbé était si passionnée ; il ne songeait qu'à ravir les richesses de ce jeune homme.

Mais pendant que Pygmalion était en proie à la défiance, à l'amour et à l'avarice, Astarbé se hâta de lui ôter la vie. Elle crut qu'il avait peut-être découvert quelque chose de ses infâmes amours avec ce jeune homme. D'ailleurs elle savait que l'avarice seule suffirait pour porter le roi à une action cruelle contre Joazar ; elle conclut qu'il n'y avait pas un moment à perdre pour le prévenir. Elle voyait les principaux officiers du palais prêts à tremper leurs mains dans le sang du roi ; elle entendait parler tous les jours de quelque nouvelle conjuration ; mais elle craignait de se confier à quelqu'un par qui elle serait trahie. Enfin il lui parut plus assuré d'empoisonner Pygmalion.

Il mangeait le plus souvent tout seul avec elle, et apprêtait lui-même tout ce qu'il devait manger, ne pouvant se fier qu'à ses propres mains. Il se renfermait dans le lieu le plus reculé de son palais, pour mieux cacher sa défiance, et pour n'être jamais observé quand il préparerait ses repas ; il n'osait plus chercher aucun des plaisirs de la table ; il ne pouvait se résoudre à manger d'aucune des choses qu'il ne savait pas apprêter lui-même. Ainsi, non seulement toutes les viandes cuites avec des ragoûts par des cuisiniers, mais encore le vin, le pain, le sel, l'huile, le lait, et tous les autres aliments ordinaires, ne pouvaient être de son usage : il ne mangeait que des fruits qu'il avait cueillis lui-même dans son jardin, ou des légumes qu'il avait semés, et qu'il faisait cuire. Au reste, il ne buvait jamais d'autre eau que celle qu'il puisait lui-même dans une fontaine qui était renfermée dans un endroit de son palais dont il gardait toujours la clef. Quoiqu'il parût si rempli de confiance pour Astarbé, il ne laissait pas de se précautionner contre elle ; il la faisait toujours manger et boire avant lui de tout ce qui devait servir à son repas, afin qu'il ne pût point être empoisonné sans elle, et qu'elle n'eût aucune espérance de vivre plus longtemps que lui. Mais elle prit du contrepoison, qu'une vieille femme, encore plus méchante qu'elle et qui était la confidente de ses amours, lui avait fourni : après quoi elle ne craignit plus d'empoisonner le roi.

Voici comment elle y parvint. Dans le moment où ils allaient commencer leur repas, cette vieille dont j'ai parlé fit tout à coup du bruit à une porte. Le roi, qui croyait toujours qu'on allait le tuer, se trouble, et court à cette porte pour voir si elle est assez bien fermée. La vieille se retire : le roi demeure interdit, et ne sachant ce qu'il doit croire de ce qu'il a entendu : il n'ose pourtant ouvrir la porte pour s'éclaircir. Astarbé le rassure, le flatte, et le presse de manger ; elle avait déjà jeté du poison dans sa coupe d'or pendant qu'il était allé à la porte. Pygmalion, selon sa coutume, la fit boire la première ; elle but sans crainte, se fiant au contrepoison. Pygmalion but aussi, et peu de temps après il tomba dans une défaillance.

Astarbé, qui le connaissait capable de la tuer sur le moindre soupçon, commença à déchirer ses habits, à arracher ses cheveux, et à pousser des cris lamentables ; elle embrassait le roi mourant ; elle l'arrosait d'un torrent de larmes, car les larmes ne coûtaient rien à cette femme artificieuse. Enfin, quand elle vit que les forces du roi étaient épuisées, et qu'il était comme agonisant, dans la crainte qu'il ne revînt, et qu'il ne voulût la faire mourir avec lui, elle passa des caresses et des plus tendres marques d'amitié à la plus horrible fureur ; elle se jeta sur lui, et l'étouffa. Ensuite elle arracha de son doigt l'anneau royal, lui ôta le diadème, et fit entrer Joazar, à qui elle donna l'un et l'autre. Elle crut que tous ceux qui avaient été attachés à elle ne manqueraient pas de suivre sa passion, et que son amant serait proclamé roi. Mais ceux qui avaient été les plus empressés à lui plaire étaient des esprits bas et mercenaires, qui étaient incapables d'une sincère affection : d'ailleurs, ils manquaient de courage, et craignaient les ennemis qu'Astarbé s'était attirés ; enfin ils craignaient encore plus la hauteur, la dissimulation et la cruauté de cette femme impie : chacun, pour sa propre sûreté, désirait qu'elle pérît.

Cependant tout le palais est plein d'un tumulte affreux ; on entend partout les cris de ceux qui disent : Le roi est mort. Les uns sont effrayés ; les autres courent aux armes : tous paraissent en peine des suites, mais ravis de cette nouvelle. La renommée la fait voler de bouche en bouche dans toute la grande ville de Tyr, et il ne se trouve pas un seul homme qui regrette le roi ; sa mort est la délivrance et la consolation de tout le peuple.

Narbal, frappé d'un coup si terrible, déplora en homme de bien le malheur de Pygmalion, qui s'était trahi lui-même en se livrant à l'impie Astarbé, et qui avait mieux aimé être un tyran monstrueux, que d'être, selon le devoir d'un roi, le père de son peuple. Il songea au bien de l'État, et se hâta de rallier tous les gens de bien, pour s'opposer à Astarbé, sous laquelle on aurait eu un règne encore plus dur que celui qu'on voyait finir.

Narbal savait que Baléazar ne s'était point noyé quand on le jeta dans la mer. Ceux qui assurèrent à Astarbé qu'il était mort parlèrent ainsi croyant qu'il l'était ; mais, à la faveur de la nuit, il s'était sauvé en nageant, et des marchands de Crète, touchés de compassion, l'avaient reçu dans leurs barques. Il n'avait pas osé retourner dans le royaume de son père, soupçonnant qu'on avait voulu le faire périr, et craignant autant la cruelle jalousie de Pygmalion que les artifices d'Astarbé. Il demeura longtemps errant et travesti sur les bords de la mer, en Syrie, ou les marchands Crétois l'avaient laissé ; il fut même obligé de garder un troupeau pour gagner sa vie. Enfin il trouva moyen de faire savoir à Narbal l'état où il était ; il crut pouvoir confier son secret à un homme d'une vertu si éprouvée. Narbal, maltraité par le père, ne laissa pas d'aimer le fils et de veiller pour ses intérêts : mais il n'en prit soin que pour l'empêcher de manquer jamais à ce qu'il devait à son père, et il l'engagea à souffrir patiemment sa mauvaise fortune.

Baléazar avait mandé à Narbal : Si vous jugez que je puisse vous aller trouver, envoyez-moi un anneau d'or, et je comprendrai aussitôt qu'il sera temps de vous aller joindre. Narbal ne jugea point à propos, pendant la vie de Pygmalion, de faire venir Baléazar ; il aurait tout hasardé pour la vie du prince et pour la sienne propre : tant il était difficile de se garantir des recherches rigoureuses de Pygmalion. Mais aussitôt que ce malheureux roi eut fait une fin digne de ses crimes, Narbal se hâta d'envoyer l'anneau d'or à Baléazar. Baléazar partit aussitôt, et arriva aux portes de Tyr dans le temps que toute la ville était en trouble pour savoir qui succéderait à Pygmalion. Baléazar fut aisément reconnu par les principaux Tyriens et par tout le peuple. On l'aimait, non pour l'amour du feu roi son père, qui était haï universellement, mais à cause de sa douceur et de sa modération. Ses longs malheurs mêmes lui donnaient je ne sais quel éclat qui relevait toutes ses bonnes qualités, et qui attendrissait tous les Tyriens en sa faveur.

Narbal assembla les chefs du peuple, les vieillards qui formaient le conseil, et les prêtres de la grande déesse de Phénicie. Ils saluèrent Baléazar comme leur roi, et le firent proclamer par des hérauts. Le peuple répondit par mille acclamations de joie. Astarbé les entendit du fond du palais, où elle était renfermée avec son lâche et infâme Joazar. Tous les méchants dont elle s'était servie pendant la vie de Pygmalion l'avaient abandonnée ; car les méchants craignent les méchants, s'en défient, et ne souhaitent point de les voir en crédit. Les hommes corrompus connaissent combien leurs semblables abuseraient de l'autorité, et quelle serait leur violence. Mais pour les bons, les méchants s'en accommodent mieux, parce qu'au moins ils espèrent de trouver en eux de la modération et de l'indulgence. Il ne restait plus autour d'Astarbé que certains complices de ses crimes les plus affreux, et qui ne pouvaient attendre que le supplice.

On força le palais : ces scélérats n'osèrent pas résister longtemps, et ne songèrent qu'à s'enfuir. Astarbé, déguisée en esclave, voulut se sauver dans la foule ; mais un soldat la reconnut : elle fut prise, et on eut bien de la peine à empêcher qu'elle ne fût déchirée par le peuple en fureur. Déjà on avait commencé à la traîner dans la boue ; mais Narbal la tira des mains de la populace. Alors elle demanda à parler à Baléazar, espérant de l'éblouir par ses charmes, et de lui faire espérer qu'elle lui découvrirait des secrets importants. Baléazar ne put refuser de l'écouter. D'abord elle montra, avec sa beauté, une douceur et une modestie capables de toucher les cœurs les plus irrités. Elle flatta Baléazar par les louanges les plus délicates et les plus insinuantes ; elle lui représenta combien Pygmalion l'avait aimée ; elle le conjura par ses cendres d'avoir pitié d'elle ; elle invoqua les dieux, comme si elle les eût sincèrement adorés ; elle versa des torrents de larmes ; elle se jeta aux genoux du nouveau roi : mais ensuite elle n'oublia rien pour lui rendre suspects et odieux tous ses serviteurs les plus affectionnés. Elle accusa Narbal d'être entré dans une conjuration contre Pygmalion, et d'avoir essayé de suborner les peuples pour se faire roi au préjudice de Baléazar : elle ajouta qu'il voulait empoisonner ce jeune prince. Elle inventa de semblables calomnies contre tous les autres Tyriens qui aiment la vertu ; elle espérait de trouver dans le cœur de Baléazar la même défiance et les mêmes soupçons qu'elle avait vus dans celui du roi son père. Mais Baléazar, ne pouvant plus souffrir la noire malignité de cette femme, l'interrompit, et appela des gardes. On la mit en prison ; les plus sages vieillards furent commis pour examiner toutes ses actions.

On découvrit avec horreur qu'elle avait empoisonné et étouffé Pygmalion : toute la suite de sa vie parut un enchaînement continuel de crimes monstrueux. On allait la condamner au supplice qui est destiné à punir les grands crimes dans la Phénicie ; c'est d'être brûlé à petit feu : mais quand elle comprit qu'il ne lui restait plus aucune espérance, elle devint semblable à une Furie sortie de l'enfer ; elle avala du poison qu'elle portait toujours sur elle, pour se faire mourir, en cas qu'on voulût lui faire souffrir de longs tourments. Ceux qui la gardèrent aperçurent qu'elle souffrait une violente douleur : ils voulurent la secourir ; mais elle ne voulut jamais leur répondre, et elle fit signe qu'elle ne voulait aucun soulagement. On lui parla des justes dieux, qu'elle avait irrités : au lieu de témoigner la confusion et le repentir que ses fautes méritaient, elle regarda le ciel avec mépris et arrogance, comme pour insulter aux dieux. La rage et l'impiété étaient peintes sur son visage mourant : on ne voyait plus aucun reste de cette beauté qui avait fait le malheur de tant d'hommes. Toutes ses grâces étaient effacées : ses yeux éteints roulaient dans sa tête, et jetaient des regards farouches ; un mouvement convulsif agitait ses lèvres, et tenait sa bouche ouverte d'une horrible grandeur ; tout son visage, tiré et rétréci, faisait des grimaces hideuses ; une pâleur livide et une froideur mortelle avaient saisi tout son corps. Quelquefois elle semblait se ranimer, mais ce n'était que pour pousser des hurlements. Enfin elle expira, laissant remplis d'horreur et d'effroi tous ceux qui la virent. Ses mânes impies descendirent sans doute dans ces tristes lieux où les cruelles Danaïdes puisent éternellement de l'eau dans des vases percés ; où Ixion tourne à jamais sa roue ; où Tantale, brûlant de soif, ne peut avaler l'eau qui s'enfuit de ses lèvres ; où Sisyphe roule inutilement un rocher qui retombe sans cesse ; et où Titye sentira éternellement, dans ses entrailles toujours renaissantes, un vautour qui les ronge.

Baléazar, délivré de ce monstre, rendit grâces aux dieux par d'innombrables sacrifices. Il a commencé son règne par une conduite tout opposée à celle de Pygmalion. Il s'est appliqué à faire refleurir le commerce, qui languissait tous les jours de plus en plus : il a pris les conseils de Narbal pour les principales affaires, et n'est pourtant point gouverné par lui ; car il veut tout voir par lui-même : il écoute tous les différents avis qu'on veut lui donner, et décide ensuite sur ce qui lui paraît le meilleur. Il est aimé des peuples. En possédant les cœurs, il possède plus de trésors que son père n'en avait amassé par son avarice cruelle ; car il n'y a aucune famille qui ne lui donnât tout ce qu'elle a de bien, s'il se trouvait dans une pressante nécessité : ainsi, ce qu'il leur laisse est plus à lui que s'il le leur ôtait. Il n'a pas besoin de se précautionner pour la sûreté de sa vie ; car il a toujours autour de lui la plus sûre garde, qui est l'amour des peuples. Il n'y a aucun de ses sujets qui ne craigne de le perdre, et qui ne hasardât sa propre vie pour conserver celle d'un si bon roi. Il vit heureux, et tout son peuple est heureux avec lui : il craint de charger trop ses peuples ; ses peuples craignent de ne lui offrir pas une assez grande partie de leurs biens : il les laisse dans l'abondance ; et cette abondance ne les rend ni indociles ni insolents ; car ils sont laborieux, adonnés au commerce, fermes à conserver la pureté des anciennes lois. La Phénicie est remontée au plus haut point de sa grandeur et de sa gloire. C'est à son jeune roi qu'elle doit tant de prospérités.

Narbal gouverne sous lui. Ô Télémaque, s'il vous voyait maintenant, avec quelle joie vous comblerait-il de présents ! Quel plaisir serait-ce pour lui de vous renvoyer magnifiquement dans votre patrie ! Ne suis-je pas heureux de faire ce qu'il voudrait pouvoir faire lui-même, et d'aller dans l'île d'Ithaque mettre sur le trône le fils d'Ulysse, afin qu'il y règne aussi sagement que Baléazar règne à Tyr !

Après qu'Adoam eut parlé ainsi, Télémaque, charmé de l'histoire que ce Phénicien venait de raconter, et plus encore des marques d'amitié qu'il en recevait dans son malheur, l'embrassa tendrement. Ensuite Adoam lui demanda par quelle aventure il était entré dans l'île de Calypso. Télémaque lui fit, à son tour, l'histoire de son départ de Tyr ; de son passage dans l'île de Chypre ; de la manière dont il avait retrouvé Mentor ; de leur voyage en Crète ; des jeux publics pour l'élection d'un roi après la fuite d'Idoménée ; de la colère de Vénus ; de leur naufrage ; du plaisir avec lequel Calypso les avait reçus ; de la jalousie de cette déesse contre une de ses nymphes ; et de l'action de Mentor, qui avait jeté son ami dans la mer, dès qu'il vit le vaisseau phénicien.

Après ces entretiens, Adoam fit servir un magnifique repas, et, pour témoigner une plus grande joie, il rassembla tous les plaisirs dont on pouvait jouir. Pendant le repas, qui fut servi par de jeunes Phéniciens vêtus de blanc et couronnés de fleurs, on brûla les plus exquis parfums de l'Orient. Tous les bancs de rameurs étaient pleins de joueurs de flûte. Achitoas les interrompait de temps en temps par les doux accords de sa voix et de sa lyre, dignes d'être entendus à la table des dieux, et de ravir les oreilles d'Apollon même. Les Tritons, les Néréides, toutes les divinités qui obéissent à Neptune, les monstres marins même, sortaient de leurs grottes humides et profondes pour venir en foule autour du vaisseau, charmés de cette mélodie. Une troupe de jeunes Phéniciens d'une rare beauté, et vêtus de fin lin plus blanc que la neige, dansèrent longtemps les danses de leur pays, puis celles d'Égypte, et enfin celles de la Grèce. De temps en temps des trompettes faisaient retentir l'onde jusqu'aux rivages éloignés. Le silence de la nuit, le calme de la mer, la lumière tremblante de la lune répandue sur la face des ondes *, le sombre azur du ciel semé de brillantes étoiles, servaient à rendre ce spectacle encore plus beau.

Télémaque, d'un naturel vif et sensible, goûtait tous ces plaisirs ; mais il n'osait y livrer son cœur. Depuis qu'il avait éprouvé avec tant de honte, dans l'île de Calypso, combien la jeunesse est prompte à s'enflammer, tous les plaisirs, même les plus innocents, lui faisaient peur ; tout lui était suspect. Il regardait Mentor, il cherchait sur son visage et dans ses yeux ce qu'il devait penser de tous ces plaisirs.

Mentor était bien aise de le voir dans cet embarras, et ne faisait pas semblant de le remarquer. Enfin, touché de la modération de Télémaque, il lui dit en souriant : Je comprends ce que vous craignez : vous êtes louable de cette crainte ; mais il ne faut pas la pousser trop loin. Personne ne souhaitera jamais plus que moi que vous goûtiez des plaisirs ; mais des plaisirs qui ne vous passionnent ni ne vous amollissent point. Il vous faut des plaisirs qui vous délassent, et que vous goûtiez en vous possédant, mais non pas des plaisirs qui vous entraînent. Je vous souhaite des plaisirs doux et modérés, qui ne vous ôtent point la raison, et qui ne vous rendent jamais semblable à une bête en fureur. Maintenant il est à propos de vous délasser de toutes vos peines. Goûtez avec complaisance pour Adoam les plaisirs qu'il vous offre ; réjouissez-vous, Télémaque, réjouissez-vous. La sagesse n'a rien d'austère ni d'affecté : c'est elle qui donne les vrais plaisirs ; elle seule les sait assaisonner pour les rendre purs et durables ; elle sait mêler les jeux et les ris avec les occupations graves et sérieuses ; elle prépare le plaisir par le travail, et elle délasse du travail par le plaisir. La sagesse n'a point de honte de paraître enjouée quand il le faut.

En disant ces paroles, Mentor prit une lyre, et en joua avec tant d'art, qu'Achitoas, jaloux, laissa tomber la sienne de dépit ; ses yeux s'allumèrent, son visage troublé changea de couleur : tout le monde eût aperçu sa peine et sa honte, si la lyre de Mentor n'eût enlevé l'âme de tous les assistants. À peine osait-on respirer, de peur de troubler le silence, et de perdre quelque chose de ce chant divin : on craignait toujours qu'il finirait trop tôt. La voix de Mentor n'avait aucune douceur efféminée ; mais elle était flexible, forte, et elle passionnait jusqu'aux moindres choses.

Il chanta d'abord les louanges de Jupiter, père et roi des dieux et des hommes *, qui d'un signe de sa tête ébranle l'univers *. Puis il représenta Minerve qui sort de sa tête, c'est-à-dire la sagesse, que ce dieu forme au-dedans de lui-même, et qui sort de lui pour instruire les hommes dociles. Mentor chanta ces vérités d'une voix si touchante, et avec tant de religion, que toute l'assemblée crut être transportée au plus haut de l'Olympe, à la face de Jupiter, dont les regards sont plus perçants que son tonnerre. Ensuite il chanta le malheur du jeune Narcisse, qui, devenant follement amoureux de sa propre beauté, qu'il regardait sans cesse au bord d'une fontaine, se consuma lui-même de douleur, et fut changé en une fleur qui porte son nom. Enfin il chanta aussi la funeste mort du bel Adonis, qu'un sanglier déchira, et que Vénus, passionnée pour lui, ne put ranimer en faisant au ciel des plaintes amères.

Tous ceux qui l'écoutèrent ne purent retenir leurs larmes, et chacun sentait je ne sais quel plaisir en pleurant. Quand il eut cessé de chanter, les Phéniciens étonnés se regardaient les uns les autres. L'un disait : C'est Orphée ; c'est ainsi qu'avec une lyre il apprivoisait les bêtes farouches, et enlevait les bois et les rochers ; c'est ainsi qu'il enchanta Cerbère, qu'il suspendit les tourments d'Ixion et des Danaïdes, et qu'il toucha l'inexorable Pluton, pour tirer des enfers la belle Eurydice. Un autre s'écriait : « Non, c'est Linus, fils d'Apollon. » Un autre répondait : « Vous vous trompez, c'est Apollon lui-même. » Télémaque n'était guère moins surpris que les autres, car il n'avait jamais cru que Mentor sût, avec tant de perfection, chanter et jouer de la lyre.

Achitoas, qui avait eu le loisir de cacher sa jalousie, commença à donner des louanges à Mentor ; mais il rougit en le louant, et il ne put achever son discours. Mentor, qui voyait son trouble, prit la parole, comme s'il eût voulu l'interrompre, et tâcha de le consoler, en lui donnant toutes les louanges qu'il méritait. Achitoas ne fut pas consolé ; car il sentit que Mentor le surpassait encore plus par sa modestie que par les charmes de sa voix.

Cependant Télémaque dit à Adoam : « Je me souviens que vous m'avez parlé d'un voyage que vous fîtes dans la Bétique depuis que nous fûmes partis d'Égypte. La Bétique est un pays dont on raconte tant de merveilles qu'à peine peut-on les croire. Daignez m'apprendre si tout ce qu'on en dit est vrai. Je serai fort aise, répondit Adoam, de vous dépeindre ce fameux pays, digne de votre curiosité, et qui surpasse tout ce que la renommée en publie. » Aussitôt il commença ainsi :

Le fleuve Bétis coule dans un pays fertile, et sous un ciel doux, qui est toujours serein. Le pays a pris le nom du fleuve, qui se jette dans le grand Océan, assez près des Colonnes d'Hercule, et de cet endroit où la mer furieuse, rompant ses digues, sépara autrefois la terre de Tharsis d'avec la grande Afrique. Ce pays semble avoir conservé les délices de l'âge d'or. Les hivers y sont tièdes, et les rigoureux aquilons n'y soufflent jamais *. L'ardeur de l'été y est toujours tempérée par des zéphyrs rafraîchissants, qui viennent adoucir l'air vers le milieu du jour. Ainsi toute l'année n'est qu'un heureux hymen du printemps et de l'automne, qui semblent se donner la main. La terre, dans les vallons et dans les campagnes unies, y porte chaque année une double moisson. Les chemins y sont bordés de lauriers, de grenadiers, de jasmins, et d'autres arbres toujours verts et toujours fleuris. Les montagnes sont couvertes de troupeaux, qui fournissent des laines fines recherchées de toutes les nations connues. Il y a plusieurs mines d'or et d'argent dans ce beau pays ; mais les habitants, simples et heureux dans leur simplicité, ne daignent pas seulement compter l'or et l'argent parmi leurs richesses ; ils n'estiment que ce qui sert véritablement aux besoins de l'homme.

Quand nous avons commencé à faire notre commerce chez ces peuples, nous avons trouvé l'or et l'argent parmi eux employés aux mêmes usages que le fer ; par exemple, pour des socs de charrue. Comme ils ne faisaient aucun commerce au dehors, ils n'avaient besoin d'aucune monnaie. Ils sont presque tous bergers ou laboureurs. On voit en ce pays peu d'artisans : car ils ne veulent souffrir que les arts qui servent aux véritables nécessités des hommes ; encore même la plupart des hommes en ce pays, étant adonnés à l'agriculture ou à conduire des troupeaux, ne laissent pas d'exercer les arts nécessaires pour leur vie simple et frugale.

Les femmes filent cette belle laine, et en font des étoffes fines d'une merveilleuse blancheur ; elles font le pain, apprêtent à manger ; et ce travail leur est facile, car on vit en ce pays de fruits ou de lait, et rarement de viande. Elles emploient le cuir de leurs moutons à faire une légère chaussure pour elles, pour leurs maris, et pour leurs enfants ; elles font des tentes, dont les unes sont de peaux cirées et les autres d'écorces d'arbres ; elles font et lavent tous les habits de la famille, et tiennent les maisons dans un ordre et une propreté admirables. Leurs habits sont aisés à faire ; car, en ce doux climat, on ne porte qu'une pièce d'étoffe fine et légère, qui n'est point taillée, et que chacun met à longs plis autour de son corps pour la modestie, lui donnant la forme qu'il veut.

Les hommes n'ont d'autres arts à exercer, outre la culture des terres et la conduite des troupeaux, que l'art de mettre le bois et le fer en œuvre ; encore même ne se servent-ils guère du fer, excepté pour les instruments nécessaires au labourage. Tous les arts qui regardent l'architecture leur sont inutiles ; car ils ne bâtissent jamais de maison.

C'est, disent-ils, s'attacher trop à la terre, que de s'y faire une demeure qui dure beaucoup plus que nous ; il suffit de se défendre des injures de l'air. Pour tous les autres arts estimés chez les Grecs, chez les Égyptiens, et chez tous les autres peuples bien policés, ils les désertent, comme des inventions de la vanité et de la mollesse.

Quand on leur parle des peuples qui ont l'art de faire des bâtiments superbes, des meubles d'or et d'argent, des étoffes ornées de broderies et de pierres précieuses, des parfums exquis, des mets délicieux, des instruments dont l'harmonie charme, ils répondent en ces termes : Ces peuples sont bien malheureux d'avoir employé tant de travail et d'industrie à se corrompre eux-mêmes ! Ce superflu amollit, enivre, tourmente ceux qui le possèdent : il tente ceux qui en sont privés, de vouloir l'acquérir par l'injustice et par la violence. Peut-on nommer bien, un superflu qui ne sert qu'à rendre les hommes mauvais ? Les hommes de ce pays sont-ils plus sains et plus robustes que nous ? vivent-ils plus longtemps ? sont-ils plus unis entre eux ? mènent-ils une vie plus libre, plus tranquille, plus gaie ? Au contraire, ils doivent être jaloux les uns des autres, rongés par une lâche et noire envie, toujours agités par l'ambition, par la crainte, par l'avarice, incapables des plaisirs purs et simples, puisqu'ils sont esclaves de tant de fausses nécessités dont ils font dépendre tout leur bonheur.

C'est ainsi, continuait Adoam, que parlent ces hommes sages, qui n'ont appris la sagesse qu'en étudiant la simple nature. Ils ont horreur de notre politesse ; et il faut avouer que la leur est grande dans leur aimable simplicité. Ils vivent tous ensemble sans partager les terres ; chaque famille est gouvernée par son chef, qui en est le véritable roi. Le père de famille est en droit de punir chacun de ses enfants ou petits-enfants qui fait une mauvaise action ; mais, avant que de le punir, il prend les avis du reste de la famille. Ces punitions n'arrivent presque jamais ; car l'innocence des mœurs, la bonne foi, l'obéissance, et l'horreur du vice, habitent dans cette heureuse terre. Il semble qu'Astrée, qu'on dit qui est retirée dans le ciel, est encore ici-bas cachée parmi ces hommes. Il ne faut point de juges parmi eux, car leur propre conscience les juge. Tous les biens sont communs : les fruits des arbres, les légumes de la terre, le lait des troupeaux, sont des richesses si abondantes, que des peuples si sobres et si modérés n'ont pas besoin de les partager. Chaque famille, errante dans ce beau pays, transporte ses tentes d'un lieu en un autre, quand elle a consumé les fruits et épuisé les pâturages de l'endroit où elle s'était mise. Ainsi, ils n'ont point d'intérêts à soutenir les uns contre les autres, et ils s'aiment tous d'un amour fraternel que rien ne trouble. C'est le retranchement des vaines richesses et des plaisirs trompeurs, qui leur conserve cette paix, cette union et cette liberté. Ils sont tous libres et tous égaux. On ne voit parmi eux aucune distinction, que celle qui vient de l'expérience des sages vieillards, ou de la sagesse extraordinaire de quelques jeunes hommes qui égalent les vieillards consommés en vertu. La fraude, la violence, le parjure, les procès, les guerres ne font jamais entendre leur voix cruelle et empestée, dans ce pays chéri des dieux. Jamais le sang humain n'a rougi cette terre ; à peine y voit-on couler celui des agneaux. Quand on parle à ces peuples des batailles sanglantes, des rapides conquêtes, des renversements d'États qu'on voit dans les autres nations, ils ne peuvent assez s'étonner. Quoi ! disent-ils, les hommes ne sont-ils pas assez mortels, sans se donner encore les uns aux autres une mort précipitée ? La vie est si courte ! et il semble qu'elle leur paraisse trop longue ! Sont-ils sur la terre pour se déchirer les uns les autres, et pour se rendre mutuellement malheureux ?

Au reste, ces peuples de la Bétique ne peuvent comprendre qu'on admire tant les conquérants qui subjuguent les grands empires. Quelle folie, disent-ils, de mettre son bonheur à gouverner les autres hommes, dont le gouvernement donne tant de peine, si on veut les gouverner avec raison, et suivant la justice ! Mais pourquoi prendre plaisir à les gouverner malgré eux ? C'est tout ce qu'un homme sage peut faire, que de vouloir s'assujettir à gouverner un peuple docile dont les dieux l'ont chargé, ou un peuple qui le prie d'être comme son père et son pasteur. Mais gouverner les peuples contre leur volonté, c'est se rendre très misérable, pour avoir le faux honneur de les tenir dans l'esclavage. Un conquérant est un homme que les dieux, irrités contre le genre humain, ont donné à la terre dans leur colère, pour ravager les royaumes, pour répandre partout l'effroi, la misère, le désespoir, et pour faire autant d'esclaves qu'il y a d'hommes libres. Un homme qui cherche la gloire ne la trouve-t-il pas assez en conduisant avec sagesse ce que les dieux ont mis dans ses mains ? Croit-il ne pouvoir mériter des louanges qu'en devenant violent, injuste, hautain, usurpateur et tyrannique sur tous ses voisins ? Il ne faut jamais songer à la guerre que pour défendre sa liberté. Heureux celui qui, n'étant point esclave d'autrui, n'a point la folle ambition de faire d'autrui son esclave ! Ces grands conquérants, qu'on nous dépeint avec tant de gloire, ressemblent à ces fleuves débordés qui paraissent majestueux, mais qui ravagent toutes les fertiles campagnes qu'ils devraient seulement arroser.

Après qu'Adoam eut fait cette peinture de la Bétique, Télémaque, charmé, lui fit diverses questions curieuses. Ces peuples, lui dit-il, boivent-ils du vin ? Ils n'ont garde d'en boire, reprit Adoam, car ils n'ont jamais voulu en faire. Ce n'est pas qu'ils manquent de raisins ; aucune terre n'en porte de plus délicieux ; mais ils se contentent de manger le raisin comme les autres fruits, et ils craignent le vin comme le corrupteur des hommes. C'est une espèce de poison, disent-ils, qui met en fureur ; il ne fait pas mourir l'homme, mais il le rend bête. Les hommes peuvent conserver leur santé et leur force sans vin ; avec le vin, ils courent risque de ruiner leur santé, et de perdre les bonnes mœurs.

Télémaque disait ensuite : Je voudrais bien savoir quelles lois règlent les mariages dans cette nation. Chaque homme, répondait Adoam, ne peut avoir qu'une femme, et il faut qu'il la garde tant qu'elle vit. L'honneur des hommes, en ce pays, dépend autant de leur fidélité à l'égard de leurs femmes, que l'honneur des femmes dépend, chez les autres peuples, de leur fidélité pour leurs maris. Jamais peuple ne fut si honnête, ni si jaloux de la pureté. Les femmes y sont belles et agréables, mais simples, modestes et laborieuses. Les mariages y sont paisibles, féconds, sans tache. Le mari et la femme semblent n'être plus qu'une seule personne en deux corps différents. Le mari et la femme partagent ensemble tous les soins domestiques ; le mari règle toutes les affaires du dehors ; la femme se renferme dans son ménage ; elle soulage son mari ; elle paraît n'être faite que pour lui plaire ; elle gagne sa confiance, et le charme moins par sa beauté que par sa vertu. Ce vrai charme de leur société dure autant que leur vie. La sobriété, la modération et les mœurs pures de ce peuple lui donnent une vie longue et exempte de maladies. On y voit des vieillards de cent et de six vingts ans, qui ont encore de la gaieté et de la vigueur.

Il me reste, ajoutait Télémaque, à savoir comment ils font pour éviter la guerre avec les autres peuples voisins. La nature, dit Adoam, les a séparés des autres peuples d'un côté par la mer, et de l'autre par de hautes montagnes du côté du nord. D'ailleurs, les peuples voisins les respectent à cause de leur vertu. Souvent les autres peuples, ne pouvant s'accorder entre eux, les ont pris pour juges de leurs différends, et leur ont confié les terres et les villes qu'ils disputaient entre eux. Comme cette sage nation n'a jamais fait aucune violence, personne ne se défie d'elle. Ils rient quand on leur parle des rois qui ne peuvent régler entre eux les frontières de leurs États. Peut-on craindre, disent-ils, que la terre manque aux hommes ? il y en aura toujours plus qu'ils n'en pourront cultiver. Tandis qu'il restera des terres libres et incultes, nous ne voudrions pas même défendre les nôtres contre des voisins qui viendraient s'en saisir. On ne trouve, dans tous les habitants de la Bétique, ni orgueil, ni hauteur, ni mauvaise foi, ni envie d'étendre leur domination. Ainsi leurs voisins n'ont jamais rien à craindre d'un tel peuple, et ils ne peuvent espérer de s'en faire craindre ; c'est pourquoi ils les laissent en repos. Ce peuple abandonnerait son pays, ou se livrerait à la mort, plutôt que d'accepter la servitude : ainsi il est autant difficile à subjuguer, qu'il est incapable de vouloir subjuguer les autres. C'est ce qui fait une paix profonde entre eux et leurs voisins.

Adoam finit ce discours en racontant de quelle manière les Phéniciens faisaient leur commerce dans la Bétique. Ces peuples, disait-il, furent étonnés quand ils virent venir, au travers des ondes de la mer, des hommes étrangers qui venaient de si loin. Ils nous laissèrent fonder une ville dans l'île de Gadès ; ils nous reçurent même chez eux avec bonté, et nous firent part de tout ce qu'ils avaient, sans vouloir de nous aucun payement. De plus, ils nous offrirent de nous donner libéralement tout ce qu'il leur resterait de leurs laines, après qu'ils en auraient fait leur provision pour leur usage ; et en effet, ils nous en envoyèrent un riche présent. C'est un plaisir pour eux que de donner aux étrangers leur superflu.

Pour leurs mines, ils n'eurent aucune peine à nous les abandonner ; elles leur étaient inutiles. Il leur paraissait que les hommes n'étaient guère sages d'aller chercher par tant de travaux, dans les entrailles de la terre, ce qui ne peut les rendre heureux, ni satisfaire à aucun vrai besoin. Ne creusez point, nous disaient-ils, si avant dans la terre : contentez-vous de la labourer ; elle vous donnera de véritables biens qui vous nourriront ; vous en tirerez des fruits qui valent mieux que l'or et que l'argent, puisque les hommes ne veulent de l'or et de l'argent que pour acheter les aliments qui soutiennent leur vie.

Nous avons souvent voulu leur apprendre la navigation, et mener les jeunes hommes de leur pays dans la Phénicie ; mais ils n'ont jamais voulu que leurs enfants apprissent à vivre comme nous. Ils apprendraient, nous disaient-ils, à avoir besoin de toutes les choses qui vous sont devenues nécessaires : ils voudraient les avoir ; ils abandonneraient la vertu pour les obtenir par de mauvaises industries. Ils deviendraient comme un homme qui a de bonnes jambes, et qui, perdant l'habitude de marcher, s'accoutume enfin au besoin d'être toujours porté comme un malade. Pour la navigation, ils l'admirent à cause de l'industrie de cet art ; mais ils croient que c'est un art pernicieux. Si ces gens-là, disent-ils, ont suffisamment en leur pays ce qui est nécessaire à la vie, que vont-ils chercher en un autre ? Ce qui suffit aux besoins de la nature ne leur suffit-il pas ? Ils mériteraient de faire naufrage, puisqu'ils cherchent la mort au milieu des tempêtes, pour assouvir l'avarice des marchands, et pour flatter les passions des autres hommes.

Télémaque était ravi d'entendre ces discours d'Adoam, et il se réjouissait qu'il y eût encore au monde un peuple qui, suivant la droite nature, fût si sage et si heureux tout ensemble. Ô combien ces mœurs, disait-il, sont-elles éloignées des mœurs vaines et ambitieuses des peuples qu'on croit les plus sages ! Nous sommes tellement gâtés, qu'à peine pouvons-nous croire que cette simplicité si naturelle puisse être véritable. Nous regardons les mœurs de ce peuple comme une belle fable, et il doit regarder les nôtres comme un songe monstrueux.

Livre huitième

SOMMAIRE

Vénus irritée demande à Jupiter la perte de Télémaque ; mais les destins ne permettent pas qu'il périsse, et la déesse va solliciter de Neptune les moyens de l'éloigner d'Ithaque où le conduit Adoam. – Neptune envoie aussitôt au pilote Achamas une divinité trompeuse, qui enchante ses sens par ses prestiges et le fait entrer à pleines voiles dans le port de Salente, au moment où le pilote croyait arriver à Ithaque. – Idoménée, roi des Salentins, fait l'accueil le plus favorable à Mentor et à Télémaque. – Il les conduit au temple de Jupiter, où il avait ordonné un sacrifice pour le succès d'une guerre contre les Manduriens. – Le sacrificateur, ayant consulté les entrailles des victimes, fait tout espérer à Idoménée et l'assure qu'il devra son bonheur à ses nouveaux hôtes.

Pendant que Télémaque et Adoam s'entretenaient de la sorte, oubliant le sommeil, et n'apercevant pas que la nuit était déjà au milieu de sa course, une divinité ennemie et trompeuse les éloignait d'Ithaque, que leur pilote Achamas cherchait en vain. Neptune, quoique favorable aux Phéniciens, ne pouvait supporter plus longtemps que Télémaque eût échappé à la tempête qui l'avait jeté contre les rochers de l'île de Calypso. Vénus était encore plus irritée de voir ce jeune homme qui triomphait, ayant vaincu l'Amour et tous ses charmes. Dans le transport de sa douleur, elle quitta Cythère, Paphos, Idalie, et tous les honneurs qu'on lui rend dans l'île de Chypre : elle ne pouvait plus demeurer dans ces lieux où Télémaque avait méprisé son empire. Elle monte vers l'éclatant Olympe, où les dieux étaient assemblés autour du trône de Jupiter. De ce lieu, ils aperçoivent les astres qui roulent sous leurs pieds ; ils voient le globe de la terre comme un petit amas de boue ; les mers immenses ne leur paraissent que comme des gouttes d'eau dont ce morceau de boue est un peu détrempé : les plus grands royaumes ne sont à leurs yeux qu'un peu de sable qui couvre la surface de cette boue ; les peuples innombrables et les plus puissantes armées ne sont que comme des fourmis qui se disputent les unes aux autres un brin d'herbe sur ce morceau de boue. Les immortels rient des affaires les plus sérieuses qui agitent les faibles mortels, et elles leurs paraissent des jeux d'enfants. Ce que les hommes appellent grandeur, gloire, puissance, profonde politique, ne paraît à ces suprêmes divinités que misère et faiblesse.

C'est dans cette demeure, si élevée au-dessus de la terre, que Jupiter a posé son trône immobile : ses yeux percent jusque dans l'abîme, et éclairent jusque dans les derniers replis des cœurs : ses regards doux et sereins répandent le calme et la joie dans tout l'univers *. Au contraire, quand il secoue sa chevelure, il ébranle le ciel et la terre *. Les dieux mêmes, éblouis des rayons de gloire qui l'environnent, ne s'en approchent qu'avec tremblement.

Toutes les divinités célestes étaient dans ce moment auprès de lui. Vénus se présenta avec tous les charmes qui naissent dans son sein ; sa robe flottante avait plus d'éclat que toutes les couleurs dont Iris se pare au milieu des sombres nuages, quand elle vient promettre aux mortels effrayés la fin des tempêtes, et leur annoncer le retour du beau temps. Sa robe était nouée par cette fameuse ceinture sur laquelle paraissent les grâces ; les cheveux de la déesse étaient attachés par derrière négligemment avec une tresse d'or *. Tous les dieux furent surpris de sa beauté, comme s'ils ne l'eussent jamais vue ; et leurs yeux en furent éblouis, comme ceux des mortels le sont, quand Phébus, après une longue nuit, vient les éclairer par ses rayons. Ils se regardaient les uns les autres avec étonnement, et leurs yeux revenaient toujours sur Vénus ; mais ils s'aperçurent que les yeux de cette déesse étaient baignés de larmes, et qu'une douleur amère était peinte sur son visage.

Cependant elle s'avançait vers le trône de Jupiter, d'une démarche douce et légère, comme le vol rapide d'un oiseau qui fend l'espace immense des airs *. Il la regarda avec complaisance ; il lui fit un doux souris ; et, se levant, il l'embrassa *. Ma chère fille, lui dit-il, quelle est votre peine ? Je ne puis voir vos larmes sans en être touché : ne craignez point de m'ouvrir votre cœur ; vous connaissez ma tendresse et ma complaisance.

Vénus lui répondit d'une voix douce, mais entrecoupée de profonds soupirs : Ô père des dieux et des hommes, vous qui voyez tout, pouvez-vous ignorer ce qui fait ma peine ? Minerve ne s'est pas contentée d'avoir renversé jusqu'aux fondements la superbe ville de Troie, que je défendais, et de s'être vengée de Pâris, qui avait préféré ma beauté à la sienne ; elle conduit par toutes les terres et par toutes les mers le fils d'Ulysse, ce cruel destructeur de Troie. Télémaque est accompagné par Minerve ; c'est ce qui empêche qu'elle ne paraisse ici en son rang avec les autres divinités. Elle a conduit ce jeune téméraire dans l'île de Chypre pour m'outrager. Il a méprisé ma puissance ; il n'a pas daigné seulement brûler de l'encens sur mes autels : il a témoigné avoir horreur des fêtes que l'on célèbre en mon honneur ; il a fermé son cœur à tous mes plaisirs. En vain Neptune, pour le punir à ma prière, a irrité les vents et les flots contre lui : Télémaque, jeté par un naufrage horrible dans l'île de Calypso, a triomphé de l'Amour même, que j'avais envoyé dans cette île pour attendrir le cœur de ce jeune Grec. Ni sa jeunesse, ni les charmes de Calypso et de ses nymphes, ni les traits enflammés de l'Amour, n'ont pu surmonter les artifices de Minerve. Elle l'a arraché de cette île : me voilà confondue ; un enfant triomphe de moi !

Jupiter, pour consoler Vénus, lui dit : Il est vrai, ma fille, que Minerve défend le cœur de ce jeune Grec contre toutes les flèches de votre fils, et qu'elle lui prépare une gloire que jamais jeune homme n'a méritée. Je suis fâché qu'il ait méprisé vos autels ; mais je ne puis le soumettre à votre puissance. Je consens, pour l'amour de vous, qu'il soit encore errant par mer et par terre, qu'il vive loin de sa patrie, exposé à toutes sortes de maux et de dangers ; mais les destins ne permettent, ni qu'il périsse, ni que sa vertu succombe dans les plaisirs dont vous flattez les hommes. Consolez-vous donc, ma fille ; soyez contente de tenir dans votre empire tant d'autres héros et tant d'immortels.

En disant ces paroles, il fit à Vécus un souris plein de grâce et de majesté. Un éclat de lumière, semblable aux plus perçants éclairs, sortit de ses yeux. En baisant Vénus avec tendresse, il répandit une odeur d'ambroisie dont tout l'Olympe fut parfumé. La déesse ne put s'empêcher d'être sensible à cette caresse du plus grand des dieux : malgré ses larmes et sa douleur, on vit la joie se répandre sur son visage ; elle baissa son voile pour cacher la rougeur de ses joues, et l'embarras où elle se trouvait. Toute l'assemblée des dieux applaudit aux paroles de Jupiter ; et Vénus, sans perdre un moment, alla trouver Neptune pour concerter avec lui les moyens de se venger de Télémaque.

Elle raconta à Neptune ce que Jupiter lui avait dit. Je savais déjà, répondit Neptune, l'ordre immuable des destins : mais si nous ne pouvons abîmer Télémaque dans les flots de la mer, du moins n'oublions rien pour le rendre malheureux, et pour retarder son retour à Ithaque. Je ne puis consentir à faire périr le vaisseau phénicien dans lequel il est embarqué. J'aime les Phéniciens, c'est mon peuple ; nulle autre nation de l'univers ne cultive comme eux mon empire. C'est par eux que la mer est devenue le lien de la société de tous les peuples de la terre. Ils m'honorent par de continuels sacrifices sur mes autels ; ils sont justes, sages et laborieux dans le commerce ; ils répandent partout la commodité et l'abondance. Non, déesse, je ne puis souffrir qu'un de leurs vaisseaux fasse naufrage : mais je ferai que le pilote perdra sa route, et qu'il s'éloignera d'Ithaque où il veut aller.

Vénus, contente de cette promesse, rit avec malignité, et retourna dans son char volant sur les prés fleuris d'Idalie, où les Grâces, les Jeux et les Ris témoignèrent leur joie de la revoir, dansant autour d'elle sur les fleurs qui parfument ce charmant séjour.

Neptune envoya aussitôt une divinité trompeuse, semblable aux Songes, excepté que les Songes ne trompent que pendant le sommeil, au lieu que cette divinité enchante les sens des hommes qui veillent. Ce dieu malfaisant, environné d'une foule innombrable de Mensonges ailés qui voltigent autour de lui, vint répandre une liqueur subtile et enchantée sur les yeux du pilote Achamas, qui considérait attentivement, à la clarté de la lune, le cours des étoiles, et le rivage d'Ithaque, dont il découvrait déjà assez près de lui les rochers escarpés. Dans ce même moment, les yeux du pilote ne lui montrèrent plus rien de véritable. Un faux ciel et une terre feinte se présentèrent à lui. Les étoiles parurent comme si elles avaient changé leur course, et qu'elles fussent revenues sur leurs pas ; tout l'Olympe semblait se mouvoir par des lois nouvelles. La terre même était changée : une fausse Ithaque se présentait toujours au pilote pour l'amuser, tandis qu'il s'éloignait de la véritable. Plus il s'avançait vers cette image trompeuse du rivage de l'île, plus cette image reculait ; elle fuyait toujours devant lui, et il ne savait que croire de cette fuite. Quelquefois il s'imaginait entendre déjà le bruit qu'on fait dans un port. Déjà il se préparait, selon l'ordre qu'il en avait reçu, à aller aborder secrètement dans une petite île qui est auprès de la grande, pour dérober aux amants de Pénélope, conjurés contre Télémaque, le retour de celui-ci. Quelquefois il craignait les écueils dont cette côte de la mer est bordée ; et il lui semblait entendre l'horrible mugissement des vagues qui vont se briser contre ces écueils ; puis tout à coup il remarquait que la terre paraissait encore éloignée. Les montagnes n'étaient à ses yeux, dans cet éloignement, que comme de petits nuages qui obscurcissent quelquefois l'horizon pendant que le soleil se couche. Ainsi Achamas était étonné ; et l'impression de la divinité trompeuse qui charmait ses yeux lui faisait éprouver un certain saisissement qui lui avait été jusqu'alors inconnu. Il était même tenté de croire qu'il ne veillait pas, et qu'il était dans l'illusion d'un songe. Cependant Neptune commanda au vent d'orient de souffler pour jeter le navire sur les côtes de l'Hespérie. Le vent obéit avec tant de violence, que le navire arriva bientôt sur le rivage que Neptune avait marqué.

Déjà l'aurore annonçait le jour ; déjà les étoiles, qui craignent les rayons du soleil, et qui en sont jalouses, allaient cacher dans l'Océan leurs sombres feux, quand le pilote s'écria : Enfin, je n'en puis plus douter, nous touchons presque à l'île d'Ithaque ! Télémaque, réjouissez-vous ; dans une heure vous pourrez revoir Pénélope, et peut-être trouver Ulysse remonté sur son trône ! À ce cri, Télémaque, qui était immobile dans les bras du sommeil, s'éveille, se lève, monte au gouvernail, embrasse le pilote, et de ses yeux encore à peine ouverts regarde fixement la côte voisine. Il gémit, ne reconnaissant point les rivages de sa patrie. Hélas ! où sommes-nous ? dit-il ; ce n'est point là ma chère Ithaque ! Vous vous êtes trompé, Achamas ; vous connaissez mal cette côte, si éloignée de votre pays. Non, non, répondit Achamas, je ne puis me tromper en considérant les bords de cette île. Combien de fois suis-je entré dans votre port ; j'en connais jusqu'aux moindres rochers ; le rivage de Tyr n'est guère mieux dans ma mémoire. Reconnaissez cette montagne qui avance ; voyez ce rocher qui s'élève comme une tour ; n'entendez-vous pas la vague qui se rompt contre ces autres rochers lorsqu'ils semblent menacer la mer par leur chute ? Mais ne remarquez-vous pas le temple de Minerve qui fend la nue ? Voilà la forteresse, et la maison d'Ulysse votre père.

Vous vous trompez, ô Acharnas, répondit Télémaque ; je vois au contraire une côte assez relevée, mais unie ; j'aperçois une ville qui n'est point Ithaque. Ô dieux ! est-ce ainsi que vous vous jouez des hommes ?

Pendant qu'il disait ces paroles, tout à coup les yeux d'Achamas furent changés. Le charme se rompit ; il vit le rivage tel qu'il était véritablement, et reconnut son erreur. Je l'avoue, ô Télémaque, s'écria-t-il : quelque divinité ennemie avait enchanté mes yeux ; je croyais voir Ithaque, et son image tout entière se présentait à moi ; mais dans ce moment elle disparaît comme un songe. Je vois une autre ville ; c'est sans doute Salente, qu'Idoménée, fugitif de Crète, vient de fonder dans l'Hespérie : j'aperçois des murs qui s'élèvent, et qui ne sont pas encore achevés ; je vois un port qui n'est pas encore entièrement fortifié.

Pendant qu'Achamas remarquait les divers ouvrages nouvellement faits dans cette ville naissante, et que Télémaque déplorait son malheur, le vent que Neptune faisait souffler les fit entrer à pleines voiles dans une rade où ils se trouvèrent à l'abri, et tout auprès du port.

Mentor, qui n'ignorait ni la vengeance de Neptune ni le cruel artifice de Vénus, n'avait fait que sourire de l'erreur d'Achamas. Quand ils furent dans cette rade, Mentor dit à Télémaque : Jupiter vous éprouve ; mais il ne veut pas votre perte : au contraire, il ne vous éprouve que pour vous ouvrir le chemin de la gloire. Souvenez-vous des travaux d'Hercule ; ayez toujours devant vos yeux ceux de votre père. Quiconque ne sait pas souffrir n'a point un grand cœur. Il faut, par votre patience et par votre courage, lasser la cruelle fortune qui se plaît à vous persécuter *. Je crains moins pour vous les plus affreuses disgrâces de Neptune, que je ne craignais les caresses flatteuses de la déesse qui vous retenait dans son île. Que tardons-nous ? entrons dans ce port : voici un peuple ami ; c'est chez les Grecs que nous arrivons : Idoménée, si maltraité par la fortune, aura pitié des malheureux *. Aussitôt ils entrèrent dans le port de Salente, où le vaisseau phénicien fut reçu sans peine, parce que les Phéniciens sont en paix et en commerce avec tous les peuples de l'univers.

Télémaque regardait avec admiration cette ville naissante, semblable à une jeune plante, qui, ayant été nourrie par la douce rosée de la nuit, sent, dès le matin, les rayons du soleil qui viennent l'embellir ; elle croît, elle ouvre ses tendres boutons, elle étend ses feuilles vertes, elle épanouit ses fleurs odoriférantes avec mille couleurs nouvelles ; à chaque moment qu'on la voit, on y trouve un nouvel éclat. Ainsi fleurissait la nouvelle ville d'Idoménée sur le rivage de la mer ; chaque jour, chaque heure, elle croissait avec magnificence, et elle montrait de loin, aux étrangers qui étaient sur la mer, de nouveaux ornements d'architecture qui s'élevaient jusqu'au ciel. Toute la côte retentissait des cris des ouvriers et des coups de marteau : les pierres étaient suspendues en l'air par des grues avec des cordes. Tous les chefs animaient le peuple au travail dès que l'aurore paraissait ; et le roi Idoménée, donnant partout les ordres lui-même, faisait avancer les ouvrages avec une incroyable diligence.

À peine le vaisseau phénicien fut arrivé, que les Crétois donnèrent à Télémaque et à Mentor toutes les marques d'amitié sincère. On se hâta d'avertir Idoménée de l'arrivée du fils d'Ulysse. Le fils d'Ulysse ! s'écria-t-il ; d'Ulysse, ce cher ami ! de ce sage héros, par qui nous avons enfin renversé la ville de Troie ! Qu'on le mène ici, et que je lui montre combien j'ai aimé son père ! Aussitôt on lui présente Télémaque, qui lui demande l'hospitalité, en lui disant son nom.

Idoménée lui répondit avec un visage doux et riant : Quand même on ne m'aurait pas dit qui vous êtes, je crois que je vous aurais reconnu. Voilà Ulysse lui-même ; voilà ses yeux pleins de feu, et dont le regard était si ferme ; voilà son air, d'abord froid et réservé, qui cachait tant de vivacité et de grâces ; je reconnais même ce sourire fin, cette action négligée, cette parole douce, simple et insinuante, qui persuadait sans qu'on eût le temps de s'en défier. Oui, vous êtes le fils d'Ulysse ; mais vous serez aussi le mien. Ô mon fils, mon cher fils ! quelle aventure vous amène sur ce rivage ? Est-ce pour chercher votre père ? Hélas ! je n'en ai aucune nouvelle. La fortune nous a persécutés lui et moi : il a eu le malheur de ne pouvoir retrouver sa patrie, et j'ai eu celui de retrouver la mienne pleine de la colère des dieux contre moi. Pendant qu'Idoménée disait ces paroles, il regardait fixement Mentor, comme un homme dont le visage ne lui était pas inconnu, mais dont il ne pouvait retrouver le nom.

Cependant Télémaque lui répondait les larmes aux yeux : Ô roi, pardonnez-moi la douleur que je ne saurais vous cacher dans un temps où je ne devrais vous témoigner que de la joie et de la reconnaissance pour vos bontés. Par le regret que vous témoignez de la perte d'Ulysse, vous m'apprenez vous-même à sentir le malheur de ne pouvoir trouver mon père. Il y a déjà longtemps que je le cherche dans toutes les mers.

Les dieux irrités ne me permettent ni de le revoir, ni de savoir s'il a fait naufrage, ni de pouvoir retourner à Ithaque, où Pénélope languit dans le désir d'être délivrée de ses amants. J'avais cru vous trouver dans l'île de Crète : j'y ai su votre cruelle destinée, et je ne croyais pas devoir jamais approcher de l'Hespérie, où vous ayez fondé un nouveau royaume. Mais la fortune, qui se joue des hommes, et qui me tient errant dans tous les pays loin d'Ithaque, m'a enfin jeté sur vos côtes. Parmi tous les maux qu'elle m'a faits, c'est celui que je supporte plus volontiers. Si elle m'éloigne de ma patrie, du moins elle me fait connaître le plus généreux de tous les rois.

À ces mots, Idoménée embrassa tendrement Télémaque ; et, le menant dans son palais, lui dit : Quel est donc ce prudent vieillard qui vous accompagne ? il me semble que je l'ai souvent vu autrefois. C'est Mentor, répliqua Télémaque ; Mentor, ami d'Ulysse, à qui il avait confié mon enfance. Qui pourrait vous dire tout ce que je lui dois !

Aussitôt Idoménée s'avance, et tend la main à Mentor : Nous nous sommes vus, dit-il, autrefois. Vous souvenez-vous du voyage que vous fîtes en Crète, et des bons conseils que vous me donnâtes ? Mais alors l'ardeur de la jeunesse et le goût des vains plaisirs m'entraînaient. Il a fallu que mes malheurs m'aient instruit, pour m'apprendre ce que je ne voulais pas croire. Plût aux dieux que je vous eusse cru, ô sage vieillard ! Mais je remarque avec étonnement que vous n'êtes presque point changé depuis tant d'années ; c'est la même fraîcheur de visage, la même taille droite, la même vigueur : vos cheveux seulement ont un peu blanchi.

Grand roi, répondit Mentor, si j'étais flatteur, je vous dirais de même que vous avez conservé cette fleur de jeunesse qui éclatait sur votre visage avant le siège de Troie ; mais j'aimerais mieux vous déplaire, que de blesser la vérité. D'ailleurs je vois, par votre sage discours, que vous n'aimez pas la flatterie, et qu'on ne hasarde rien en vous parlant avec sincérité. Vous êtes bien changé, et j'aurais eu de la peine à vous reconnaître. J'en conçois clairement la cause ; c'est que vous avez beaucoup souffert dans vos malheurs : mais vous avez bien gagné en souffrant, puisque vous avez acquis la sagesse. On doit se consoler aisément des rides qui viennent sur le visage, pendant que le cœur s'exerce et se fortifie dans la vertu. Au reste, sachez que les rois s'usent toujours plus vite que les autres hommes. Dans l'adversité, les peines de l'esprit et les travaux du corps les font vieillir avant le temps. Dans la prospérité, les délices d'une vie molle les usent bien plus encore que tous les travaux de la guerre. Rien n'est si malsain que les plaisirs où l'on ne peut se modérer. De là vient que les rois, et en paix et en guerre, ont toujours des peines et des plaisirs qui font venir la vieillesse avant l'âge où elle doit venir naturellement. Une vie sobre, modérée, simple, exempte d'inquiétudes et de passions, réglée et laborieuse, retient dans les membres d'un homme sage la vive jeunesse, qui, sans ces précautions, est toujours prête à s'envoler sur les ailes du Temps.

Idoménée, charmé du discours de Mentor, l'eût écouté longtemps, si on ne fût venu l'avertir pour un sacrifice qu'il devait faire à Jupiter. Télémaque et Mentor le suivirent, environnés d'une grande foule de peuple, qui considérait avec empressement et curiosité ces deux étrangers. Les Salentins se disaient les uns aux autres : Ces deux hommes sont bien différents ! Le jeune a je ne sais quoi de vif et d'aimable ; toutes les grâces de la beauté et de la jeunesse sont répandues sur son visage et sur tout son corps : mais cette beauté n'a rien de mou ni d'efféminé ; avec cette fleur si tendre de la jeunesse, il paraît vigoureux, robuste, endurci au travail. Mais cet autre, quoique bien plus âgé, n'a encore rien perdu de sa force : sa mine paraît d'abord moins haute, et son visage moins gracieux ; mais, quand on le regarde de près, on trouve dans sa simplicité des marques de sagesse et de vertu, avec une noblesse qui étonne. Quand les dieux sont descendus sur la terre pour se communiquer aux mortels, sans doute qu'ils ont pris de telles figures d'étrangers et de voyageurs *.

Cependant on arrive dans le temple de Jupiter, qu'Idoménée, du sang de ce dieu, avait orné avec beaucoup de magnificence. Il était environné d'un double rang de colonnes de marbre jaspé ; les chapiteaux étaient d'argent. Le temple était tout incrusté de marbre, avec des bas-reliefs qui représentaient Jupiter changé en taureau, le ravissement d'Europe, et son passage en Crète au travers des flots : ils semblaient respecter Jupiter, quoiqu'il fût sous une forme étrangère. On voyait ensuite la naissance et la jeunesse de Minos ; enfin, ce sage roi donnant, dans un âge plus avancé, des lois à toute son île pour la rendre à jamais florissante. Télémaque y remarqua aussi les principales aventures du siège de Troie, où Idoménée avait acquis la gloire d'un grand capitaine. Parmi ces représentations de combats, il chercha son père ; il le reconnut, prenant les chevaux de Rhésus que Diomède venait de tuer ; ensuite disputant avec Ajax les armes d'Achille devant tous les chefs de l'armée grecque assemblés ; enfin sortant du cheval fatal pour verser le sang de tant de Troyens.

Télémaque le reconnut d'abord à ces fameuses actions, dont il avait souvent ouï parler, et que Nestor même lui avait racontées. Les larmes coulèrent de ses yeux. Il changea de couleur ; son visage parut troublé. Idoménée l'aperçut, quoique Télémaque se détournât pour cacher son trouble. N'ayez point de honte, lui dit Idoménée, de nous laisser voir combien vous êtes touché de la gloire et des malheurs de votre père.

Cependant, le peuple s'assemblait en foule sous les vastes portiques formés par le double rang de colonnes qui environnaient le temple. Il y avait deux troupes de jeunes garçons et de jeunes filles qui chantaient des vers à la louange du dieu qui tient dans ses mains la foudre. Ces enfants, choisis de la figure la plus agréable, avaient de longs cheveux flottants sur leurs épaules. Leurs têtes étaient couronnées de roses, et parfumées ; ils étaient tous vêtus de blanc. Idoménée faisait à Jupiter un sacrifice de cent taureaux pour se le rendre favorable dans une guerre qu'il avait entreprise contre ses voisins. Le sang des victimes fumait de tous côtés : on le voyait ruisseler dans les profondes coupes d'or et d'argent.

Le vieillard Théophane, ami des dieux et prêtre du temple, tenait, pendant le sacrifice, sa tête couverte d'un bout de sa robe de pourpre ; ensuite il consulta les entrailles des victimes qui palpitaient encore ; puis s'étant mis sur le trépied sacré : Ô dieux, s'écria-t-il, quels sont donc ces deux étrangers que le ciel envoie en ces lieux ? Sans eux, la guerre entreprise nous serait funeste, et Salente tomberait en ruine avant que d'achever d'être élevée sur ses fondements. Je vois un jeune héros que la Sagesse mène par la main. Il n'est pas permis à une bouche mortelle d'en dire davantage.

En disant ces paroles, son regard était farouche et ses yeux étincelants ; il semblait voir d'autres objets que ceux qui paraissaient devant lui ; son visage était enflammé ; il était troublé et hors de lui-même ; ses cheveux étaient hérissés, sa bouche écumante, ses bras levés et immobiles. Sa voix émue était plus forte qu'aucune voix humaine : il était hors d'haleine, et ne pouvait tenir renfermé au-dedans de lui l'esprit divin qui l'agitait *.

Ô heureux Idoménée ! s'écria-t-il encore, que vois-je ! quels malheurs évités ! quelle douce paix au-dedans ! Mais au dehors quels combats ! quelles victoires ! Ô Télémaque, tes travaux surpassent ceux de ton père ; le fier ennemi gémit dans la poussière sous ton glaive ; les portes d'airain, les inaccessibles remparts tombent à tes pieds. Ô grande déesse, que son père.... Ô jeune homme, tu verras enfin.... À ces mots, la parole meurt dans sa bouche, et il demeure, comme malgré lui, dans un silence plein d'étonnement.

Tout le peuple est glacé de crainte. Idoménée, tremblant, n'ose lui demander qu'il achève. Télémaque même, surpris, comprend à peine ce qu'il vient d'entendre ; à peine peut-il croire qu'il ait entendu ces hautes prédictions. Mentor est le seul que l'esprit divin n'a point étonné. Vous entendez, dit-il à Idoménée, le dessein des dieux. Contre quelque nation que vous ayez à combattre, la victoire sera dans vos mains, et vous devrez au jeune fils de votre ami le bonheur de vos armes. N'en soyez point jaloux ; profitez seulement de ce que les dieux vous donnent par lui.

Idoménée, n'étant pas encore revenu de son étonnement, cherchait en vain des paroles ; sa langue demeurait immobile. Télémaque, plus prompt, dit à Mentor : Tant de gloire promise ne me touche point ; mais que peuvent donc signifier ces dernières paroles : Tu verras… ? est-ce mon père, ou seulement Ithaque ? Hélas ! que n'a-t-il achevé ! il m'a laissé plus en doute que je n'étais. Ô Ulysse ! ô mon père, serait-ce vous, vous-même que je dois voir ? serait-il vrai ? Mais je me flatte. Cruel oracle ! tu prends plaisir à te jouer d'un malheureux : encore une parole, et j'étais au comble du bonheur.

Mentor lui dit : Respectez ce que les dieux découvrent, et n'entreprenez point de découvrir ce qu'ils veulent cacher. Une curiosité téméraire mérite d'être confondue. C'est par une sagesse pleine de bonté, que les dieux cachent aux faibles hommes leur destinée dans une nuit impénétrable. Il est utile de prévoir ce qui dépend de nous, pour le bien faire ; mais il n'est pas moins utile d'ignorer ce qui ne dépend pas de nos soins, et ce que les dieux veulent faire de nous. Télémaque, touché de ces paroles, se retint avec beaucoup de peine.

Idoménée, qui était revenu de son étonnement, commença de son côté à louer le grand Jupiter, qui lui avait envoyé le jeune Télémaque et le sage Mentor, pour le rendre victorieux de ses ennemis. Après qu'on eut fait un magnifique repas, qui suivit le sacrifice, il parla ainsi en particulier aux deux étrangers :

J'avoue que je ne connaissais point encore assez l'art de régner quand je revins en Crète, après le siège de Troie. Vous savez, chers amis, les malheurs qui m'ont privé de régner dans cette grande île, puisque vous m'assurez que vous y avez été depuis que j'en suis parti. Encore trop heureux, si les coups les plus cruels de la fortune ont servi à m'instruire et à me rendre plus modéré ! Je traversai les mers comme un fugitif que la vengeance des dieux et des hommes poursuit : toute ma grandeur passée ne servait qu'à me rendre ma chute plus honteuse et plus insupportable. Je vins réfugier mes dieux pénates sur cette côte déserte, où je ne trouvai que des terres incultes, couvertes de ronces et d'épines, des forêts aussi anciennes que la terre, des rochers presque inaccessibles où se retiraient les bêtes farouches. Je fus réduit à me réjouir de posséder, avec un petit nombre de soldats, et de compagnons qui avaient bien voulu me suivre dans mes malheurs, cette terre sauvage, et d'en faire ma patrie, ne pouvant plus espérer de revoir jamais cette île fortunée où les dieux m'avaient fait naître pour y régner. Hélas ! disais-je en moi-même, quel changement ! Quel exemple terrible ne suis-je point pour les rois ! il faudrait me montrer à tous ceux qui règnent dans le monde, pour les instruire par mon exemple. Ils s'imaginent n'avoir rien à craindre, à cause de leur élévation au-dessus du reste des hommes : eh ! c'est leur élévation même qui fait qu'ils ont tout à craindre ! J'étais craint de mes ennemis, et aimé de mes sujets ; je commandais à une nation puissante et belliqueuse : la renommée avait porté mon nom dans les pays les plus éloignés : je régnais dans une île fertile et délicieuse ; cent villes me donnaient chaque année un tribut de leurs richesses : ces peuples me reconnaissaient pour être du sang de Jupiter, né dans leur pays ; ils m'aimaient comme le petit-fils du sage Minos, dont les lois les rendent si puissants et si heureux. Que manquait-il à mon bonheur, sinon d'en savoir jouir avec modération ? Mais mon orgueil, et la flatterie que j'ai écoutée, ont renversé mon trône. Ainsi tomberont tous les rois qui se livreront à leurs désirs et aux conseils des esprits flatteurs.

Pendant le jour, je tâchais de montrer un visage gai et plein d'espérance, pour soutenir le courage de ceux qui m'avaient suivi. Faisons, leur disais-je, une nouvelle ville, qui nous console de tout ce que nous avons perdu. Nous sommes environnés de peuples qui nous ont donné un bel exemple pour cette entreprise. Nous voyons Tarente, qui s'élève assez près de nous. C'est Phalante, avec ses Lacédémoniens, qui a fondé ce nouveau royaume. Philoctète donne le nom de Pétilie à une grande ville qu'il bâtit sur la même côte. Métaponte est encore une semblable colonie. Ferons-nous moins que tous ces étrangers errants comme nous ? La fortune ne nous est pas plus rigoureuse.

Pendant que je tâchais d'adoucir par ces paroles les peines de mes compagnons, je cachais au fond de mon cœur une douleur mortelle. C'était une consolation pour moi, que la lumière du jour me quittât, et que la nuit vînt m'envelopper de ses ombres pour déplorer en liberté ma misérable destinée. Deux torrents de larmes amères coulaient de mes yeux ; et le doux sommeil leur était inconnu. Le lendemain, je recommençais mes travaux avec une nouvelle ardeur. Voilà, Mentor, ce qui fait que vous m'avez trouvé si vieilli.

Après qu'Idoménée eut achevé de raconter ses peines, il demanda à Télémaque et à Mentor leur secours dans la guerre où il se trouvait engagé. Je vous renverrai, leur disait-il, à Ithaque, dès que la guerre sera finie. Cependant je ferai partir des vaisseaux vers toutes les côtes les plus éloignées, pour apprendre des nouvelles d'Ulysse. En quelque endroit des terres connues que la tempête ou la colère de quelque divinité l'ait jeté, je saurai bien l'en retirer. Plaise aux dieux qu'il soit encore vivant ! Pour vous, je vous renverrai avec les meilleurs vaisseaux qui aient jamais été construits dans l'île de Crète ; ils sont faits du bois coupé sur le véritable mont Ida, où Jupiter naquit. Ce bois sacré ne saurait périr dans les flots ; les vents et les rochers le craignent et le respectent. Neptune même, dans son plus grand courroux, n'oserait soulever les vagues contre lui. Assurez-vous donc que vous retournerez heureusement à Ithaque sans peine, et qu'aucune divinité ennemie ne pourra plus vous faire errer sur tant de mers ; le trajet est court et facile. Renvoyez le vaisseau phénicien qui vous a portés jusqu'ici, et ne songez qu'à acquérir la gloire d'établir le nouveau royaume d'Idoménée pour réparer tous ses malheurs. C'est à ce prix, ô fils d'Ulysse, que vous serez jugé digne de votre père. Quand même les destinées rigoureuses l'auraient déjà fait descendre dans le sombre royaume de Pluton, toute la Grèce charmée croira le revoir en vous.

À ces mots, Télémaque interrompit Idoménée : Renvoyons, dit-il, le vaisseau phénicien. Que tardons-nous à prendre les armes pour attaquer vos ennemis ? ils sont devenus les nôtres. Si nous avons été victorieux en combattant dans la Sicile pour Aceste, Troyen et ennemi de la Grèce, ne serons-nous pas encore plus ardents et plus favorisés des dieux quand nous combattrons pour un des héros grecs qui ont renversé la ville de Priam ? L'oracle que nous venons d'entendre ne nous permet pas d'en douter.

Livre neuvième

SOMMAIRE

Idoménée fait connaître à Mentor le sujet de la guerre contre les Manduriens. – Pendant ce récit, les Manduriens se présentent aux portes de Salente avec une armée composée de peuples voisins qu'ils ont mis dans leurs intérêts. – Mentor sort précipitamment et va seul proposer à l'ennemi les moyens de terminer la guerre sans combats. – Télémaque, impatient de connaître le résultat de cette négociation, rejoint Mentor, et tous deux offrent de rester comme otages auprès des Manduriens, pour répondre de la fidélité d'Idoménée au traité de paix qu'il propose. – Les Manduriens acceptent ces conditions, et bientôt Idoménée, se rendant en personne auprès d'eux, sur l'avis de Mentor, confirme, par son acceptation, tout ce qui a été fait par celui-ci. – On se donne réciproquement des otages ; on offre en commun des sacrifices pour sceller l'alliance, et Idoménée rentre dans la ville de Salente avec les principaux chefs alliés des Manduriens.

Mentor, regardant d'un œil doux et tranquille Télémaque, qui était déjà plein d'une noble ardeur pour les combats, prit ainsi la parole : Je suis bien aise, fils d'Ulysse, de voir en vous une si belle passion pour la gloire ; mais souvenez-vous que votre père n'en a acquis une si grande parmi les Grecs, au siège de Troie, qu'en se montrant le plus sage et le plus modéré d'entre eux. Achille, quoique invincible et invulnérable, quoique sûr de porter la terreur et la mort partout où il combattait, n'a pu prendre la ville de Troie : il est tombé lui-même aux pieds des murs de cette ville, et elle a triomphé du vainqueur d'Hector. Mais Ulysse, en qui la prudence conduisait la valeur, a porté la flamme et le fer au milieu des Troyens ; et c'est à ses mains qu'on doit la chute de ces hautes et superbes tours qui menacèrent pendant dix ans toute la Grèce conjurée. Autant que Minerve est au-dessus de Mars, autant une valeur discrète et prévoyante surpasse-t-elle un courage bouillant et farouche. Commençons donc par nous instruire des circonstances de cette guerre qu'il faut soutenir. Je ne refuse aucun péril ; mais je crois, ô Idoménée, que vous devez nous expliquer premièrement si votre guerre est juste ; ensuite, contre qui vous la faites ; et enfin, quelles sont vos forces pour en espérer un heureux succès.

Idoménée lui répondit : Quand nous arrivâmes sur cette côte, nous y trouvâmes un peuple sauvage qui errait dans les forêts, vivant de sa chasse et des fruits que les arbres portent d'eux-mêmes. Ces peuples, qu'on nomme les Manduriens, furent épouvantés, voyant nos vaisseaux et nos armes ; ils se retirèrent dans les montagnes. Mais comme nos soldats furent curieux de voir le pays, et voulurent poursuivre des cerfs, ils rencontrèrent ces sauvages fugitifs. Alors les chefs de ces sauvages leur dirent : Nous avons abandonné les doux rivages de la mer pour vous les céder ; il ne nous reste que des montagnes presque inaccessibles ; du moins est-il juste que vous nous y laissiez en paix et en liberté. Nous vous trouvons errants, dispersés, et plus faibles que nous ; il ne tiendrait qu'à nous de vous égorger, et d'ôter même à vos compagnons la connaissance de votre malheur : mais nous ne voulons point tremper nos mains dans le sang de ceux qui sont hommes aussi bien que nous. Allez ; souvenez-vous que vous devez la vie à nos sentiments d'humanité. N'oubliez jamais que c'est d'un peuple que vous nommez grossier et sauvage, que vous recevez cette leçon de modération et de générosité.

Ceux d'entre les nôtres qui furent ainsi renvoyés par ces barbares revinrent dans le camp, et racontèrent ce qui leur était arrivé. Nos soldats en furent émus ; ils eurent honte de voir que des Crétois dussent la vie à cette troupe d'hommes fugitifs, qui leur paraissaient ressembler plutôt à des ours qu'à des hommes ; ils s'en allèrent à la chasse en plus grand nombre que les premiers, et avec toutes sortes d'armes. Bientôt ils rencontrèrent les sauvages et les attaquèrent. Le combat fut cruel. Les traits volaient de part et d'autre, comme la grêle tombe dans une campagne pendant un orage. Les sauvages furent contraints de se retirer dans leurs montagnes escarpées, où les nôtres n'osèrent s'engager.

Peu de temps après, ces peuples envoyèrent vers moi deux de leurs plus sages vieillards, qui venaient me demander la paix. Ils m'apportèrent des présents : c'était des peaux des bêtes farouches qu'ils avaient tuées, et des fruits du pays. Après m'avoir donné leurs présents, ils parlèrent ainsi :

Ô roi, nous tenons, comme tu vois, dans une main l'épée, et dans l'autre une branche d'olivier. (En effet, ils tenaient l'une et l'autre dans leurs mains.) Voilà la paix et la guerre : choisis. Nous aimerions mieux la paix ; c'est pour l'amour d'elle que nous n'avons point eu de honte de te céder le doux rivage de la mer, où le soleil rend la terre fertile, et produit tant de fruits délicieux. La paix est plus douce que tous ces fruits : c'est pour elle que nous nous sommes retirés dans ces hautes montagnes toujours couvertes de glace et de neige, où l'on ne voit jamais ni les fleurs du printemps, ni les riches fruits de l'automne. Nous avons horreur de cette brutalité, qui, sous de beaux noms d'ambition et de gloire, va follement ravager les provinces, et répand le sang des hommes, qui sont tous frères. Si cette fausse gloire te touche, nous n'avons garde de te l'envier : nous te plaignons, et nous prions les dieux de nous préserver d'une fureur semblable. Si les sciences que les

Grecs apprennent avec tant de soin, et si la politesse dont ils se piquent, ne leur inspirent que cette détestable injustice, nous nous croyons trop heureux de n'avoir point ces avantages. Nous nous ferons gloire d'être toujours ignorants et barbares, mais justes, humains, fidèles, désintéressés, accoutumés à nous contenter de peu, et à mépriser la vaine délicatesse qui fait qu'on a besoin d'avoir beaucoup. Ce que nous estimons, c'est la santé, la frugalité, la liberté, la vigueur de corps et d'esprit ; c'est l'amour de la vertu, la crainte des dieux, le bon naturel pour nos proches, l'attachement à nos amis, la fidélité pour tout le monde, la modération dans la prospérité, la fermeté dans les malheurs, le courage pour dire toujours hardiment la vérité, l'horreur de la flatterie. Voilà quels sont les peuples que nous t'offrons pour voisins et pour alliés. Si les dieux irrités t'aveuglent jusqu'à te faire refuser la paix, tu apprendras, mais trop tard, que les gens qui aiment par modération la paix sont les plus redoutables dans la guerre.

Pendant que ces vieillards me parlaient ainsi, je ne pouvais me lasser de les regarder. Ils avaient la barbe longue et négligée, les cheveux plus courts, mais blancs ; les sourcils épais, les yeux vifs, un regard et une contenance ferme, une parole grave et pleine d'autorité, des manières simples et ingénues. Les fourrures qui leur servaient d'habits, étant nouées sur l'épaule, laissaient voir des bras plus nerveux et des muscles mieux nourris que ceux de nos athlètes. Je répondis à ces deux envoyés que je désirais la paix. Nous réglâmes ensemble de bonne foi plusieurs conditions ; nous en prîmes tous les dieux à témoin ; et je renvoyai ces hommes chez eux avec des présents.

Mais les dieux, qui m'avaient chassé du royaume de mes ancêtres, n'étaient pas encore lassés de me persécuter. Nos chasseurs, qui ne pouvaient pas être sitôt avertis de la paix que nous venions de faire, rencontrèrent le même jour une grande troupe de ces barbares qui accompagnaient leurs envoyés lorsqu'ils revenaient de notre camp : ils les attaquèrent avec fureur, en tuèrent une partie, et poursuivirent le reste dans les bois. Voilà la guerre rallumée. Ces barbares croient qu'ils ne peuvent plus se fier ni à nos promesses ni à nos serments.

Pour être plus puissants contre nous, ils appellent à leur secours les Locriens, les Apuliens, les Lucaniens, les Brutiens, les peuples de Crotone, de Nérite, de Messapie et de Brindes. Les Lucaniens viennent avec des chariots armés de faux tranchantes. Parmi les Apuliens, chacun est couvert de quelque peau de bête farouche qu'il a tuée ; ils portent des massues pleines de gros nœuds, et garnies de pointes de fer ; ils sont presque de la taille des géants, et leurs corps se rendent si robuste, par les exercices pénibles auxquels ils s'adonnent, que leur seule vue épouvante. Les Locriens, venus de la Grèce, sentent encore leur origine, et sont plus humains que les autres ; mais ils ont joint à l'exacte discipline des troupes grecques la vigueur des barbares, et l'habitude de mener une vie dure, ce qui les rend invincibles. Ils portent des boucliers légers, qui sont faits d'un tissu d'osier, et couverts de peaux ; leurs épées sont longues. Les Brutiens sont légers à la course comme les cerfs et comme les daims. On croirait que l'herbe même la plus tendre n'est point foulée sous leurs pieds ; à peine laissent-ils dans le sable quelque trace de leurs pas. On les voit tout à coup fondre sur leurs ennemis, et puis disparaître avec une égale rapidité. Les peuples de Crotone sont adroits à tirer des flèches. Un homme ordinaire parmi les Grecs ne pourrait bander un arc tel qu'on en voit communément chez les Crotoniates ; et si jamais ils s'appliquent à nos jeux, ils y remporteront les prix. Leurs flèches sont trempées dans le suc de certaines herbes venimeuses, qui viennent, dit-on, des bords de l'Averne, et dont le poison est mortel. Pour ceux de Nérite, de Brindes et de Messapie, ils n'ont en partage que la force du corps et une valeur sans art. Les cris qu'ils poussent jusqu'au ciel, à la vue de leurs ennemis, sont affreux. Ils se servent assez bien de la fronde, et ils obscurcissent l'air par une grêle de pierres lancées ; mais ils combattent sans ordre. Voilà, Mentor, ce que vous désiriez de savoir : vous connaissez maintenant l'origine de cette guerre, et quels sont nos ennemis.

Après cet éclaircissement, Télémaque, impatient de combattre, croyait n'avoir plus qu'à prendre les armes. Mentor le retint encore, et parla ainsi à Idoménée : D'où vient donc que les Locriens mêmes, peuples sortis de la Grèce, s'unissent aux barbares contre les Grecs ? D'où vient que tant de colonies grecques fleurissent sur cette côte de la mer, sans avoir les mêmes guerres à soutenir que vous ? Ô Idoménée, vous dites que les dieux ne sont pas encore las de vous persécuter ; et moi, je dis qu'ils n'ont pas encore achevé de vous instruire. Tant de malheurs que vous avez soufferts ne vous ont pas encore appris ce qu'il faut faire pour prévenir la guerre. Ce que vous racontez vous-même de la bonne foi de ces barbares suffit pour montrer que vous auriez pu vivre en paix avec eux ; mais la hauteur et la fierté attirent les guerres les plus dangereuses. Vous auriez pu leur donner des otages, et en prendre d'eux. Il eût été facile d'envoyer avec leurs ambassadeurs quelques-uns de vos chefs pour les reconduire avec sûreté. Depuis cette guerre renouvelée, vous auriez dû encore les apaiser, en leur représentant qu'on les avait attaqués faute de savoir l'alliance qui venait d'être jurée. Il fallait leur offrir toutes les sûretés qu'ils auraient demandées, et établir des peines rigoureuses contre tous ceux de vos sujets qui auraient manqué à l'alliance. Mais qu'est-il arrivé depuis ce commencement de guerre ?

Je crus, répondit Idoménée, que nous n'aurions pu, sans bassesse, rechercher ces barbares, qui assemblèrent à la hâte tous leurs hommes en âge de combattre, et qui implorèrent le secours de tous les peuples voisins, auxquels ils nous rendirent suspects et odieux. Il me parut que le parti le plus assuré était de s'emparer promptement de certains passages dans les montagnes, qui étaient mal gardés. Nous les prîmes sans peine, et par là nous nous sommes mis en état de désoler ces barbares. J'y ai fait élever des tours, d'où nos troupes peuvent accabler de traits tous les ennemis qui viendraient des montagnes dans notre pays. Nous pouvons entrer dans le leur, et ravager, quand il nous plaira, leurs principales habitations. Par ce moyen, nous sommes en état de résister, avec des forces inégales, à cette multitude innombrable d'ennemis qui nous environnent. Au reste, la paix entre eux et nous est devenue très difficile. Nous ne saurions leur abandonner ces tours sans nous exposer à leurs incursions, et ils les regardent comme des citadelles dont nous voulons nous servir pour les réduire en servitude.

Mentor répondit ainsi à Idoménée : Vous êtes un sage roi, et vous voulez qu'on vous découvre la vérité sans aucun adoucissement. Vous n'êtes point comme ces hommes faibles qui craignent de la voir, et qui, manquant de courage pour se corriger, n'emploient leur autorité qu'à soutenir les fautes qu'ils ont faites. Sachez donc que ce peuple barbare vous a donné une merveilleuse leçon quand il est venu vous demander la paix. Était-ce par faiblesse qu'il la demandait ? Manquait-il de courage, ou de ressources contre vous ? Vous voyez bien que non, puisqu'il est si aguerri, et soutenu par tant de voisins redoutables. Que n'imitiez-vous sa modération ? Mais une mauvaise honte et une fausse gloire vous ont jeté dans ce malheur. Vous avez craint de rendre l'ennemi trop fier ; et vous n'avez pas craint de le rendre trop puissant, en réunissant tant de peuples contre vous par une conduite hautaine et injuste. À quoi servent ces tours que vous vantez tant, sinon à mettre tous vos voisins dans la nécessité de périr, ou de vous faire périr vous-même, pour se préserver d'une servitude prochaine ? Vous n'avez élevé ces tours que pour votre sûreté ; et c'est par ces tours que vous êtes dans un si grand péril. Le rempart le plus sûr d'un État est la justice, la modération, la bonne foi, et l'assurance où sont vos voisins que vous êtes incapable d'usurper leurs terres. Les plus fortes murailles peuvent tomber par divers accidents imprévus ; la fortune est capricieuse et inconstante dans la guerre ; mais l'amour et la confiance de vos voisins, quand ils ont senti votre modération, font que votre État ne peut être vaincu, et n'est presque jamais attaqué. Quand même un voisin injuste l'attaquerait, tous les autres, intéressés à sa conservation, prennent aussitôt les armes pour le défendre. Cet appui de tant de peuples, qui trouvent leurs véritables intérêts à soutenir les vôtres, vous aurait rendu bien plus puissant que ces tours, qui vous rendent vos maux irrémédiables. Si vous aviez songé d'abord à éviter la jalousie de tous vos voisins, votre ville naissante fleurirait dans une heureuse paix, et vous seriez l'arbitre de toutes les nations de l'Hespérie.

Retranchons-nous maintenant à examiner comment on peut réparer le passé par l'avenir. Vous avez commencé à me dire qu'il y a sur cette côte diverses colonies grecques. Ces peuples doivent être disposés à vous secourir. Ils n'ont oublié ni le grand nom de Minos, fils de Jupiter, ni vos travaux au siège de Troie, où vous vous êtes signalé tant de fois entre les princes grecs pour la querelle commune de toute la Grèce. Pourquoi ne songez-vous pas à mettre ces colonies dans votre parti ?

Elles sont toutes, répondit Idoménée, résolues à demeurer neutres. Ce n'est pas qu'elles n'eussent quelque inclination à me secourir, mais le trop grand éclat que cette ville a eu dès sa naissance les a épouvantées. Ces Grecs, aussi bien que les autres peuples, ont craint que nous n'eussions des desseins sur leur liberté. Ils ont pensé qu'après avoir subjugué les barbares des montagnes nous pousserions plus loin notre ambition. En un mot, tout est contre nous. Ceux mêmes qui ne nous font pas une guerre ouverte désirent notre abaissement, et la jalousie ne nous laisse aucun allié.

Étrange extrémité ! reprit Mentor : pour vouloir paraître trop puissant, vous ruinez votre puissance ; et, pendant que vous êtes au dehors l'objet de la crainte et de la haine de vos voisins, vous vous épuisez au-dedans par les efforts nécessaires pour soutenir une telle guerre. Ô malheureux, et doublement malheureux Idoménée, que le malheur même n'a pu instruire qu'à demi ! auriez-vous encore besoin d'une seconde chute pour apprendre à prévoir les maux qui menacent les plus grands rois ? Laissez-moi faire, et racontez-moi seulement en détail quelles sont donc ces villes grecques qui refusent votre alliance.

La principale, lui répondit Idoménée, est la ville de Tarente ; Phalante l'a fondée depuis trois ans. Il ramassa dans la Laconie un grand nombre de jeunes hommes nés des femmes qui avaient oublié leurs maris absents pendant la guerre de Troie. Quand les maris revinrent, ces femmes ne songèrent qu'à les apaiser, et qu'à désavouer leurs fautes. Cette nombreuse jeunesse, qui était née hors du mariage, ne connaissant plus ni père ni mère, vécut avec une licence sans bornes. La sévérité des lois réprima leurs désordres. Ils se réunirent sous Phalante, chef hardi, intrépide, ambitieux, et qui sait gagner les cœurs par ses artifices. Il est venu sur ce rivage avec ces jeunes Laconiens ; ils ont fait de Tarente une seconde Lacédémone. D'un autre côté, Philoctète, qui a eu une si grande gloire au siège de Troie en y portant les flèches d'Hercule, a élevé dans ce voisinage les murs de Pétilie, moins puissante à la vérité, mais plus sagement gouvernée que Tarente. Enfin, nous avons ici près la ville de Métaponte, que le sage Nestor a fondée avec ses Pyliens.

Quoi ! reprit Mentor, vous avez Nestor dans l'Hespérie, et vous n'avez pas su l'engager dans vos intérêts ! Nestor qui vous a vu tant de fois combattre contre les Troyens, et dont vous aviez l'amitié ! Je l'ai perdue, répliqua Idoménée, par l'artifice de ces peuples qui n'ont rien de barbare que le nom : ils ont eu l'adresse de lui persuader que je voulais me rendre le tyran de l'Hespérie. Nous le détromperons, dit Mentor. Télémaque le vit à Pylos, avant qu'il fût venu fonder sa colonie, et avant que nous eussions entrepris nos grands voyages pour chercher Ulysse : il n'aura pas encore oublié ce héros, ni les marques de tendresse qu'il donna à son fils Télémaque. Mais le principal est de guérir sa défiance : c'est par les ombrages donnés à tous vos voisins que cette guerre s'est allumée ; et c'est en dissipant ces vains ombrages, que cette guerre peut s'éteindre. Encore un coup, laissez-moi faire.

À ces mots, Idoménée, embrassant Mentor, s'attendrissait et ne pouvait parler. Enfin il prononça à peine ces paroles : Ô sage vieillard envoyé par les dieux pour réparer toutes mes fautes ! j'avoue que je me serais irrité contre tout autre qui m'aurait parlé aussi librement que vous ; j'avoue qu'il n'y a que vous seul qui puissiez m'obliger à rechercher la paix. J'avais résolu de périr, ou de vaincre tous mes ennemis ; mais il est juste de croire vos sages conseils plutôt que ma passion. Ô heureux Télémaque, qui ne pourrez jamais vous égarer comme moi, puisque vous avez un tel guide ! Mentor, vous êtes le maître ; toute la sagesse des dieux est en vous. Minerve ne pourrait donner de plus salutaires conseils. Allez, promettez, concluez, donnez tout ce qui est à moi ; Idoménée approuvera tout ce que vous jugerez à propos de faire.

Pendant qu'ils raisonnaient ainsi, on entendit tout à coup un bruit confus de chariots, de chevaux hennissants, d'hommes qui poussaient des hurlements épouvantables, et de trompettes qui remplissaient l'air d'un son belliqueux. On s'écrie : Voici les ennemis, qui ont fait un grand détour pour éviter les passages gardés ! les voilà qui viennent assiéger Salente ! Les vieillards et les femmes paraissaient consternés. Hélas ! disaient-ils, fallait-il quitter notre chère patrie, la fertile Crète, et suivre un roi malheureux au travers de tant de mers, pour fonder une ville qui sera mise en cendres comme Troie ! On voyait de dessus les murailles nouvellement bâties, dans la vaste campagne, briller au soleil les casques, les cuirasses et les boucliers des ennemis ; les yeux en étaient éblouis *. On voyait aussi les piques hérissées qui couvraient la terre, comme elle est couverte par une abondante moisson *, que Cérès prépare dans les campagnes d'Enna en Sicile, pendant les chaleurs de l'été, pour récompenser le laboureur de toutes ses peines. Déjà on remarquait les chariots armés de faux tranchantes ; on distinguait facilement chaque peuple venu à cette guerre.

Mentor monta sur une haute tour pour les mieux découvrir. Idoménée et Télémaque le suivirent de près. À peine y fut-il arrivé, qu'il aperçut d'un côté Philoctète, et de l'autre Nestor avec Pisistrate son fils. Nestor était facile à reconnaître à sa vieillesse vénérable. Quoi donc ! s'écria Mentor, vous avez cru, ô Idoménée, que Philoctète et Nestor se contentaient de ne vous point secourir ; les voilà qui ont pris les armes contre vous ; et, si je ne me trompe, ces autres troupes qui marchent en si bon ordre avec tant de lenteur, sont les troupes lacédémoniennes, commandées par Phalante. Tout est contre vous ; il n'y a aucun voisin de cette côte dont vous n'ayez fait un ennemi, sans vouloir le faire.

En disant ces paroles, Mentor descend à la hâte de cette tour ; il s'avance vers une porte de la ville du côté par où les ennemis s'avançaient : il la fait ouvrir ; et Idoménée, surpris de la majesté avec laquelle il fait ces choses, n'ose pas même lui demander quel est son dessein. Mentor fait signe de la main, afin que personne ne songe à le suivre. Il va au-devant des ennemis, étonnés de voir un seul homme qui se présente à eux. Il leur montra de loin une branche d'olivier en signe de paix * ; et quand il fut à portée de se faire entendre, il leur demanda d'assembler tous les chefs. Aussitôt les chefs s'assemblèrent ; et il parla ainsi :

Ô hommes généreux, assemblés de tant de nations qui fleurissent dans la riche Hespérie, je sais que vous n'êtes venus ici que pour l'intérêt commun de la liberté. Je loue votre zèle ; mais souffrez que je vous représente un moyen facile de conserver la liberté et la gloire de tous vos peuples, sans répandre le sang humain. Ô Nestor, sage Nestor, que j'aperçois dans cette assemblée, vous n'ignorez pas combien la guerre est funeste à ceux même qui l'entreprennent avec justice, et sous la protection des dieux. La guerre est le plus grand des maux dont les dieux affligent les hommes. Vous n'oublierez jamais ce que les Grecs ont souffert pendant dix ans devant la malheureuse Troie. Quelles divisions entre les chefs ! quels caprices de la fortune ! quels carnages des Grecs par la main d'Hector ! quels malheurs dans toutes les villes les plus puissantes, causés par la guerre, pendant la longue absence de leurs rois ! Au retour, les uns ont fait naufrage au promontoire de Capharée ; les autres ont trouvé une mort funeste dans le sein même de leurs épouses. Ô dieux, c'est dans votre colère que vous armâtes les Grecs pour cette éclatante expédition ! Ô peuples hespériens ! je prie les dieux de ne vous donner jamais une victoire si funeste. Troie est en cendres, il est vrai ; mais il vaudrait mieux pour les Grecs, qu'elle fût encore dans toute sa gloire, et que le lâche Paris jouît encore en paix de ses infâmes amours avec Hélène. Philoctète, si longtemps malheureux et abandonné dans l'île de Lemnos, ne craignez-vous point de retrouver de semblables malheurs dans une semblable guerre ? Je sais que les peuples de la Laconie ont senti aussi les troubles causés par la longue absence des princes, des capitaines et des soldats qui allèrent contre les Troyens, Ô Grecs, qui avez passé dans l'Hespérie, vous n'y avez tous passé que par une suite des malheurs que causa la guerre de Troie !

Après avoir parlé ainsi, Mentor s'avança vers les Pyliens ; et Nestor, qui l'avait reconnu, s'avança aussi pour le saluer. Ô Mentor, lui dit-il, c'est avec plaisir que je vous revois. Il y a bien des années que je vous vis, pour la première fois, dans la Phocide ; vous n'aviez que quinze ans, et je prévis dès lors que vous seriez aussi sage que vous l'avez été dans la suite. Mais par quelle aventure avez-vous été conduit en ces lieux ? Quels sont donc les moyens que vous avez de finir cette guerre ? Idoménée nous a contraints de l'attaquer. Nous ne demandions que la paix ; chacun de nous avait un intérêt pressant de la désirer ; mais nous ne pouvions plus trouver aucune sûreté avec lui. Il a violé toutes ses promesses à l'égard de ses plus proches voisins. La paix avec lui ne serait point une paix ; elle lui servirait seulement à dissiper notre ligue, qui est notre unique ressource. Il a montré à tous les peuples son dessein ambitieux de les mettre dans l'esclavage, et il ne nous a laissé aucun moyen de défendre notre liberté, qu'en tâchant de renverser son nouveau royaume. Par sa mauvaise foi, nous sommes réduits à le faire périr, ou à recevoir de lui le joug de la servitude. Si vous trouvez quelque expédient pour faire en sorte qu'on puisse se confier à lui, et s'assurer d'une bonne paix, tous les peuples que vous voyez ici quitteront volontiers les armes, et nous avouerons avec joie que vous nous surpassez en sagesse.

Mentor lui répondit : Sage Nestor, vous savez qu'Ulysse m'avait confié son fils Télémaque. Ce jeune homme, impatient de découvrir la destinée de son père, passa chez vous à Pylos, et vous le reçûtes avec tous les soins qu'il pouvait attendre d'un fidèle ami de son père ; vous lui donnâtes même votre fils pour le conduire. Il entreprit ensuite de longs voyages sur la mer ; il a vu la Sicile, l'Égypte, l'île de Chypre, celle de Crète. Les vents, ou plutôt les dieux, l'ont jeté sur cette côte comme il voulait retourner à Ithaque. Nous sommes arrivés ici tout à propos pour vous épargner les horreurs d'une cruelle guerre. Ce n'est plus Idoménée, c'est le fils du sage Ulysse, c'est moi qui vous réponds de toutes les choses qui vous seront promises.

Pendant que Mentor parlait ainsi avec Nestor, au milieu des troupes confédérées, Idoménée et Télémaque, avec tous les Crétois armés, les regardaient du haut des murs de Salente ; ils étaient attentifs pour remarquer comment les discours de Mentor seraient reçus ; et ils auraient voulu pouvoir entendre les sages entretiens de ces deux vieillards. Nestor avait toujours passé pour le plus expérimenté et le plus éloquent de tous les rois de la Grèce. C'était lui qui modérait, pendant le siège de Troie, le bouillant courroux d'Achille, l'orgueil d'Agamemnon, la fierté d'Ajax, et le courage impétueux de Diomède. La douce persuasion coulait de ses lèvres comme un ruisseau de miel * : sa voix seule se faisait entendre à tous ces héros, tous se taisaient dès qu'il ouvrait la bouche ; et il n'y avait que lui qui pût apaiser dans le camp la farouche discorde. Il commençait à sentir les injures de la froide vieillesse ; mais ses paroles étaient encore pleines de force et de douceur : il racontait les choses passées, pour instruire la jeunesse par ses expériences ; mais il les racontait avec grâce, quoique avec un peu de lenteur. Ce vieillard, admiré de toute la Grèce, sembla avoir perdu toute son éloquence et toute sa majesté dès que Mentor parut avec lui. Sa vieillesse paraissait flétrie et abattue auprès de celle de Mentor, en qui les ans semblaient avoir respecté la force et la vigueur du tempérament. Les paroles de Mentor, quoique graves et simples, avaient une vivacité et une autorité qui commençaient à manquer à l'autre. Tout ce qu'il disait était court, précis et nerveux. Jamais il ne faisait aucune redite ; jamais il ne racontait que le fait nécessaire pour l'affaire qu'il fallait décider. S'il était obligé de parler plusieurs fois d'une même chose, pour l'inculquer, ou pour parvenir à la persuasion, c'était toujours par des tours nouveaux et par des comparaisons sensibles. Il avait même je ne sais quoi de complaisant et d'enjoué, quand il voulait se proportionner aux besoins des autres, et leur insinuer quelque vérité. Ces deux hommes si vénérables furent un spectacle touchant à tant de peuples assemblés.

Pendant que tous les alliés ennemis de Salente se jetaient en foule les uns sur les autres pour les voir de plus près, et pour tâcher d'entendre leurs sages discours, Idoménée et tous les siens s'efforçaient de découvrir, par leurs regards avides et empressés, ce que signifiaient leurs gestes et l'air de leurs visages.

Cependant Télémaque, impatient, se dérobe à la multitude qui l'environne : il court à la porte par où Mentor était sorti ; il se la fait ouvrir avec autorité. Bientôt Idoménée, qui le croit à ses côtés, s'étonne de le voir qui court au milieu de la campagne, et qui est déjà auprès de Nestor. Nestor le reconnaît, et se hâte, mais d'un pas pesant et tardif, de l'aller recevoir. Télémaque saute à son cou, et le tient serré entre ses bras sans parler. Enfin il s'écrie : Ô mon père ! je ne crains pas de vous nommer ainsi ; le malheur de ne retrouver point mon véritable père, et les bontés que vous m'avez fait sentir, me donnent le droit de me servir d'un nom si tendre : mon père, mon père, je vous revois ! ainsi puisse-je voir Ulysse ! Si quelque chose pouvait me consoler d'en être privé, ce serait de trouver en vous un autre lui-même.

Nestor ne put, à ces paroles, retenir ses larmes ; et il fut touché d'une secrète joie, voyant celles qui coulaient avec une merveilleuse grâce sur les joues de Télémaque. La beauté, la douceur, et la noble assurance de ce jeune inconnu, qui traversait sans précaution tant de troupes ennemies, étonna tous les alliés. N'est-ce pas, disaient-ils, le fils de ce vieillard qui est venu parler à Nestor ? Sans doute, c'est la même sagesse dans les deux âges les plus opposés de la vie. Dans l'un, elle ne fait encore que fleurir ; dans l'autre, elle porte avec abondance les fruits les plus mûrs.

Mentor, qui avait pris plaisir à voir la tendresse avec laquelle Nestor venait de recevoir Télémaque, profita de cette heureuse disposition. Voilà, lui dit-il, le fils d'Ulysse, si cher à toute la Grèce, et si cher à vous-même, ô sage Nestor ! le voilà, je vous le livre comme un otage, et comme le gage le plus précieux qu'on puisse vous donner de la fidélité des promesses d'Idoménée. Vous jugez bien que je ne voudrais pas que la perte du fils suivît celle du père, et que la malheureuse Pénélope pût reprocher à Mentor qu'il a sacrifié son fils à l'ambition du nouveau roi de Salente. Avec ce gage, qui est venu de lui-même s'offrir, et que les dieux, amateurs de la paix, vous envoient, je commence, ô peuples assemblés de tant de nations, à vous faire des propositions pour établir à jamais une paix solide.

À ce nom de paix, on entend un bruit confus de rang en rang. Toutes ces différentes nations frémissaient de courroux, et croyaient perdre tout le temps où l'on retardait le combat ; ils s'imaginaient qu'on ne faisait tous ces discours que pour ralentir leur fureur, et pour faire échapper leur proie. Surtout les Manduriens souffraient impatiemment qu'Idoménée espérât de les tromper encore une fois. Souvent ils entreprirent d'interrompre Mentor ; car ils craignaient que ses discours pleins de sagesse ne détachassent leurs alliés. Ils commençaient à se défier de tous les Grecs qui étaient dans l'assemblée. Mentor, qui l'aperçut, se hâta d'augmenter cette défiance, pour jeter la division dans les esprits de tous ces peuples.

J'avoue, disait-il, que les Manduriens ont sujet de se plaindre, et de demander quelque réparation des torts qu'ils ont soufferts ; mais il n'est pas juste aussi que les Grecs, qui font sur cette côte des colonies, soient suspects et odieux aux anciens peuples du pays. Au contraire, les Grecs doivent être unis entre eux, et se faire bien traiter par les autres ; il faut seulement qu'ils soient modérés, et qu'ils n'entreprennent jamais d'usurper les terres de leurs voisins. Je sais qu'Idoménée a eu le malheur de vous donner des ombrages ; mais il est aisé de guérir toutes vos défiances. Télémaque et moi, nous nous offrons à être des otages qui vous répondent de la bonne foi d'Idoménée. Nous demeurerons entre vos mains jusqu'à ce que les choses qu'on vous promettra soient fidèlement accomplies. Ce qui vous irrite, ô Manduriens, s'écria-t-il, c'est que les troupes des Crétois ont saisi les passages de vos montagnes par surprise, et que par là ils sont en état d'entrer malgré vous, aussi souvent qu'il leur plaira, dans le pays où vous vous êtes retirés, pour leur laisser le pays uni qui est sur le rivage de la mer. Ces passages, que les Crétois ont fortifiés par de hautes tours pleines de gens armés, sont donc le véritable sujet de la guerre. Répondez-moi ; y en a-t-il encore quelque autre ?

Alors le chef des Manduriens s'avança, et parla ainsi : Que n'avons-nous pas fait pour éviter cette guerre ! Les dieux nous sont témoins que nous n'avons renoncé à la paix que quand la paix nous a échappé sans ressource par l'ambition inquiète des Crétois, et par l'impossibilité où ils nous ont mis de nous fier à leurs serments. Nation insensée ! qui nous a réduits malgré nous à l'affreuse nécessité de prendre un parti de désespoir contre elle, et de ne pouvoir plus chercher notre salut que dans sa perte ! Tandis qu'ils conserveront ces passages, nous croirons toujours qu'ils veulent usurper nos terres, et nous mettre en servitude. S'il était vrai qu'ils ne songeassent plus qu'à vivre en paix avec leurs voisins, ils se contenteraient de ce que nous leur avons cédé sans peine, et ils ne s'attacheraient pas à conserver des entrées dans un pays contre la liberté duquel ils ne formeraient aucun dessein ambitieux. Mais vous ne les connaissez pas, ô sage vieillard. C'est par un grand malheur que nous avons appris à les connaître. Cessez, ô homme aimé des dieux, de retarder une guerre juste et nécessaire, sans laquelle l'Hespérie ne pourrait jamais espérer une paix constante. Ô nation ingrate, trompeuse et cruelle, que les dieux irrités ont envoyée auprès de nous pour troubler notre paix, et pour nous punir de nos fautes ! Mais après nous avoir punis, ô dieux ! vous nous vengerez ; vous ne serez pas moins justes contre nos ennemis que contre nous.

À ces paroles, toute l'assemblée parut émue ; il semblait que Mars et Bellone allaient de rang en rang, rallumant dans les cœurs la fureur des combats, que Mentor tâchait d'éteindre. Il reprit ainsi la parole :

Si je n'avais que des promesses à vous faire, vous pourriez refuser de vous y fier ; mais je vous offre des choses certaines et présentes. Si vous n'êtes pas contents d'avoir pour otages Télémaque et moi, je vous ferai donner douze des plus nobles et des plus vaillants Crétois. Mais il est juste aussi que vous donniez de votre côté des otages, car Idoménée, qui désire sincèrement la paix, la désire sans crainte et sans bassesse. Il désire la paix, comme vous dites vous-mêmes que vous l'avez désirée, par sagesse et par modération, mais non par l'amour d'une vie molle, ou par faiblesse à la vue des dangers dont la guerre menace les hommes. Il est prêt à périr ou à vaincre ; mais il aime mieux la paix que la victoire la plus éclatante. Il aurait honte de craindre d'être vaincu ; mais il craint d'être injuste, et il n'a point de honte de vouloir réparer ses fautes. Les armes à la main, il vous offre la paix ; il ne veut point en imposer les conditions avec hauteur ; car il ne fait aucun cas d'une paix forcée. Il veut une paix dont tous les partis soient contents, qui finisse toutes les jalousies, qui apaise tous les ressentiments, et qui guérisse toutes les défiances. En un mot, Idoménée est dans les sentiments où je suis sûr que vous voudriez qu'il fût. Il n'est question que de vous en persuader. La persuasion ne sera pas difficile, si vous voulez bien m'écouter avec un esprit dégagé et tranquille.

Écoutez donc, ô peuples remplis de valeur, et vous, ô chefs si sages et si unis, écoutez ce que je vous offre de la part d'Idoménée. Il n'est pas juste qu'il puisse entrer dans les terres de ses voisins ; il n'est pas juste aussi que ses voisins puissent entrer dans les siennes. Il consent que les passages qu'on a fortifiés par de hautes tours soient gardés par des troupes neutres. Vous, Nestor, et vous, Philoctète, vous êtes Grecs d'origine ; mais en cette occasion vous vous êtes déclarés contre Idoménée : ainsi vous ne pouvez être suspects d'être trop favorables à ses intérêts. Ce qui vous touche, c'est l'intérêt commun de la paix et de la liberté de l'Hespérie. Soyez vous-mêmes les dépositaires et les gardiens de ces passages qui causent la guerre. Vous n'avez pas moins d'intérêt à empêcher que les anciens peuples d'Hespérie ne détruisent Salente, nouvelle colonie des Grecs, semblable à celles que vous avez fondées, qu'à empêcher qu'Idoménée n'usurpe les terres de ses voisins. Tenez l'équilibre entre les uns et les autres. Au lieu de porter le fer et le feu chez un peuple que vous devez aimer, réservez-vous la gloire d'être les juges et les médiateurs. Vous me direz que ces conditions vous paraîtraient merveilleuses, si vous pouviez vous assurer qu'Idoménée les accomplirait de bonne foi ; mais je vais vous satisfaire.

Il y aura, pour sûreté réciproque, les otages dont je vous ai parlé, jusqu'à ce que tous les passages soient mis en dépôt dans vos mains. Quand le salut de l'Hespérie entière, quand celui de Salente même et d'Idoménée sera à votre discrétion, serez-vous contents ? De qui pourrez-vous désormais vous défier ? Sera-ce de vous-mêmes ? Vous n'osez vous fier à Idoménée : et Idoménée est si incapable de vous tromper, qu'il veut se fier à vous. Oui, il veut vous confier le repos, la liberté, la vie de tout son peuple et de lui-même. S'il est vrai que vous ne désiriez qu'une bonne paix, la voilà qui se présente à vous, et qui vous ôte tout prétexte de reculer. Encore une fois, ne vous imaginez pas que la crainte réduise Idoménée à vous faire ces offres ; c'est la sagesse et la justice qui l'engagent à prendre ce parti, sans se mettre en peine si vous imputerez à la faiblesse ce qu'il fait par vertu. Dans les commencements il a fait des fautes, et il met sa gloire à les reconnaître par les offres dont il vous prévient. C'est faiblesse, c'est vanité, c'est ignorance grossière de son propre intérêt, que d'espérer de pouvoir cacher ses fautes en affectant de les soutenir avec fierté et avec hauteur. Celui qui avoue ses fautes à son ennemi, et qui offre de les réparer, montre par là qu'il est devenu incapable d'en commettre, et que l'ennemi a tout à craindre d'une conduite si sage et si ferme, à moins qu'il ne fasse la paix. Gardez-vous bien de souffrir qu'il vous mette à son tour dans le tort. Si vous refusez la paix et la justice qui viennent à vous, la paix et la justice seront vengées. Idoménée, qui devait craindre de trouver les dieux irrités contre lui, les tournera pour lui contre vous. Télémaque et moi nous combattrons pour la bonne cause. Je prends tous les dieux du ciel et des enfers à témoin des justes propositions que je viens de vous faire.

En achevant ces mots, Mentor leva son bras, pour montrer à tant de peuples le rameau d'olivier qui était dans sa main le signe pacifique. Les chefs, qui le regardaient de près, furent étonnés et éblouis du feu divin qui éclatait dans ses yeux. Il parut avec une majesté et une autorité qui est au-dessus de tout ce qu'on voit dans les plus grands d'entre les mortels. Le charme de ses paroles douces et fortes enlevait les cœurs ; elles étaient semblables à ces paroles enchantées qui tout à coup, dans le profond silence de la nuit, arrêtent au milieu de l'Olympe la lune et les étoiles *, calment la mer irritée, font taire les vents et les flots, et suspendent le cours des fleuves rapides. Mentor était, au milieu de ces peuples furieux, comme Bacchus lorsqu'il était environné des tigres, qui, oubliant leur cruauté, venaient, par la puissance de sa douce voix, lécher ses pieds, et se soumettre par leurs caresses *. D'abord il se fit un profond silence dans toute l'armée. Les chefs se regardaient les uns les autres, ne pouvant résister à cet homme, ni comprendre qui il était. Toutes les troupes, immobiles, avaient les yeux attachés sur lui. On n'osait parler, de peur qu'il n'eût encore quelque chose à dire, et qu'on ne l'empêchât d'être entendu. Quoiqu'on ne trouvât rien à ajouter aux choses qu'il avait dites, ses paroles avaient paru courtes, et on aurait souhaité qu'il eût parlé plus longtemps. Tout ce qu'il avait dit demeurait comme gravé dans tous les cœurs. En parlant, il se faisait aimer, il se faisait croire ; chacun était avide, et comme suspendu, pour recueillir jusqu'aux moindres paroles qui sortaient de sa bouche.

Enfin, après un assez long silence, on entendit un bruit sourd qui se répandait peu à peu. Ce n'était plus ce bruit confus des peuples qui frémissaient dans leur indignation ; c'était, au contraire, un murmure doux et favorable. On découvrait déjà sur les visages je ne sais quoi de serein et de radouci. Les Manduriens, si irrités, sentaient que les armes leur tombaient des mains. Le farouche Phalante, avec ses Lacédémoniens, fut surpris de trouver ses entrailles de fer attendries. Les autres commencèrent à soupirer après cette heureuse paix qu'on venait leur montrer. Philoctète, plus sensible qu'un autre par l'expérience de ses malheurs, ne put retenir ses larmes. Nestor, ne pouvant parler, dans le transport où ce discours venait de le mettre, embrassa tendrement Mentor, et tous ces peuples à la fois, comme si c'eût été un signal, s'écrièrent aussitôt : Ô sage vieillard, vous nous désarmez ! la paix ! la paix !

Nestor, un moment après, voulut commencer un discours ; mais toutes les troupes, impatientes, craignirent qu'il ne voulût représenter quelque difficulté. La paix ! la paix ! s'écrièrent-elles encore une fois. On ne put leur imposer silence, qu'en faisant crier avec eux par tous les chefs de l'armée : La paix ! la paix !

Nestor, voyant bien qu'il n'était pas libre de faire un discours suivi, se contenta de dire : Vous voyez, ô Mentor, ce que peut la parole d'un homme de bien. Quand la sagesse et la vertu parlent, elles calment toutes les passions. Nos justes ressentiments se changent en amitié, et en désir d'une paix durable. Nous l'acceptons telle que vous nous l'offrez. En même temps, tous les chefs tendirent les mains en signe de consentement.

Mentor courut vers la porte de la ville pour la faire ouvrir, et pour mander à Idoménée de sortir de Salente sans précaution. Cependant Nestor embrassait Télémaque, disant : Ô aimable fils du plus sage de tous les Grecs, puissiez-vous être aussi sage et plus heureux que lui ! N'avez-vous rien découvert sur sa destinée ? Le souvenir de votre père, à qui vous ressemblez, a servi à étouffer notre indignation. Phalante, quoique dur et farouche, quoiqu'il n'eût jamais vu Ulysse, ne laissa pas d'être touché de ses malheurs et de ceux de son fils. Déjà on pressait Télémaque de raconter ses aventures, lorsque Mentor revint avec Idoménée, et toute la jeunesse Crétoise qui le suivait.

À la vue d'Idoménée, les alliés sentirent que leur courroux se rallumait ; mais les paroles de Mentor éteignirent ce feu prêt à éclater. Que tardons-nous, dit-il, à conclure cette sainte alliance, dont les dieux seront les témoins et les défenseurs ? Qu'ils la vengent, si jamais quelque impie ose la violer ; et que tous les maux horribles de la guerre, loin d'accabler les peuples fidèles et innocents, retombent sur la tête parjure et exécrable de l'ambitieux qui foulera aux pieds les droits sacrés de cette alliance. Qu'il soit détesté des dieux et des hommes ; qu'il ne jouisse jamais du fruit de sa perfidie ; que les Furies infernales, sous les figures les plus hideuses, viennent exciter sa rage et son désespoir ; qu'il tombe mort sans aucune espérance de sépulture ; que son corps soit la proie des chiens et des vautours ; et qu'il soit aux enfers, dans le profond abîme du Tartare, tourmenté à jamais plus rigoureusement que Tantale, Ixion, et les Danaïdes ! Mais plutôt que cette paix soit inébranlable comme les rochers d'Atlas qui soutient le ciel ; que tous les peuples la révèrent et goûtent ses fruits, de génération en génération ; que les noms de ceux qui l'auront jurée soient avec amour et vénération dans la bouche de nos derniers neveux ; que cette paix, fondée sur la justice et sur la bonne foi, soit le modèle de toutes les paix qui se feront à l'avenir chez toutes les nations de la terre ; et que tous les peuples qui voudront se rendre heureux en se réunissant songent à imiter les peuples de l'Hespérie !

À ces paroles, Idoménée et les autres rois jurent la paix aux conditions marquées. On donne de part et d'autre douze otages. Télémaque veut être du nombre des otages donnés par Idoménée ; mais on ne peut consentir que Mentor en soit, parce que les alliés veulent qu'il demeure auprès d'Idoménée, pour répondre de sa conduite et de celle de ses conseillers, jusqu'à l'entière exécution des choses promises. On immola, entre la ville et l'armée ennemie, cent génisses blanches comme la neige, et autant de taureaux de même couleur, dont les cornes étaient dorées et ornées de festons. On entendait retentir, jusque dans les montagnes voisines, le mugissement affreux des victimes qui tombaient sous le couteau sacré. Le sang fumant ruisselait de toutes parts. On faisait couler avec abondance un vin exquis pour les libations. Les aruspices consultaient les entrailles qui palpitaient encore. Les sacrificateurs brûlaient sur les autels un encens qui formait un épais nuage, et dont la bonne odeur parfumait toute la campagne.

Cependant les soldats des deux partis, cessant de se regarder d'un œil ennemi, commençaient à s'entretenir sur leurs aventures. Ils se délassaient déjà de leurs travaux, et goûtaient par avance les douceurs de la paix. Plusieurs de ceux qui avaient suivi Idoménée au siège de Troie reconnurent ceux de Nestor qui avaient combattu dans la même guerre : Ils s'embrassaient avec tendresse, et se racontaient mutuellement tout ce qui leur était arrivé depuis qu'ils avaient ruiné la superbe ville qui était l'ornement de toute l'Asie. Déjà ils se couchaient sur l'herbe, se couronnaient de fleurs, et buvaient ensemble le vin qu'on apportait de la ville dans de grands vases, pour célébrer une si heureuse journée *.

Tout à coup Mentor dit aux rois et aux capitaines assemblés : Désormais, sous divers noms et sous divers chefs, vous ne ferez plus qu'un seul peuple. C'est ainsi que les justes dieux, amateurs des hommes, qu'ils ont formés, veulent être le lien éternel de leur parfaite concorde. Tout le genre humain n'est qu'une famille dispersée sur la face de toute la terre. Tous les peuples sont frères, et doivent s'aimer comme tels. Malheur à ces impies qui cherchent une gloire cruelle dans le sang de leurs frères, qui est leur propre sang. La guerre est quelquefois nécessaire, il est vrai ; mais c'est la honte du genre humain, qu'elle soit inévitable en certaines occasions. Ô rois, ne dites point qu'on doit la désirer pour acquérir de la gloire : la vraie gloire ne se trouve point hors de l'humanité. Quiconque préfère sa propre gloire aux sentiments de l'humanité est un monstre d'orgueil, et non pas un homme : il ne parviendra même qu'à une fausse gloire ; car la vraie ne se trouve que dans la modération et dans la bonté. On pourra le flatter pour contenter sa vanité folle ; mais on dira toujours de lui en secret, quand on voudra parler sincèrement : Il a d'autant moins mérité la gloire, qu'il l'a désirée avec une passion injuste. Les hommes ne doivent point l'estimer, puisqu'il a si peu estimé les hommes, et qu'il a prodigué leur sang par une brutale vanité. Heureux le roi qui aime son peuple, qui en est aimé, qui se confie en ses voisins, et qui a leur confiance ; qui, loin de leur faire la guerre, les empêche de l'avoir entre eux, et qui fait envier à toutes les nations étrangères le bonheur qu'ont ses sujets de l'avoir pour roi ! Songez donc à vous rassembler de temps en temps, ô vous qui gouvernez les puissantes villes de l'Hespérie. Faites de trois ans en trois ans une assemblée générale, où tous les rois qui sont ici présents se trouvent pour renouveler l'alliance par un nouveau serment, pour raffermir l'amitié promise, et pour délibérer sur tous les intérêts communs. Tandis que vous serez unis, vous aurez au-dedans de ce beau pays la paix, la gloire et l'abondance ; au dehors vous serez toujours invincibles. Il n'y a que la Discorde, sortie de l'enfer pour tourmenter les hommes insensés, qui puisse troubler la félicité que les dieux vous préparent.

Nestor lui répondit : Vous voyez, par la facilité avec laquelle nous faisons la paix, combien nous sommes éloignés de vouloir faire la guerre par une vaine gloire, ou par l'injuste avidité de nous agrandir au préjudice de nos voisins. Mais que peut-on faire quand on se trouve auprès d'un prince violent, qui ne connaît point d'autre loi que son intérêt, et qui ne perd aucune occasion d'envahir les terres des autres États ? Ne croyez pas que je parle d'Idoménée ; non, je n'ai plus de lui cette pensée : c'est Adraste, roi des Dauniens, de qui nous avons tout à craindre. Il méprise les dieux, et croit que tous les hommes qui sont sur la terre ne sont nés que pour servir à sa gloire par leur servitude. Il ne veut point de sujets dont il soit le roi et le père ; il veut des esclaves et des adorateurs ; il se fait rendre les honneurs divins. Jusqu'ici l'aveugle fortune a favorisé ses plus injustes entreprises. Nous nous étions hâtés de venir attaquer Salente, pour nous défaire du plus faible de nos ennemis, qui ne commençait qu'à s'établir sur cette côte, afin de tourner ensuite nos armes contre cet autre ennemi plus puissant. Il a déjà pris plusieurs villes de nos alliés. Ceux de Crotone ont perdu contre lui deux batailles. Il se sert de toutes sortes de moyens pour contenter son ambition : la force et l'artifice, tout lui est égal, pourvu qu'il accable ses ennemis. Il a amassé de grands trésors ; ses troupes sont disciplinées et aguerries ; ses capitaines sont expérimentés ; il est bien servi ; il veille lui-même sans cesse sur tous ceux qui agissent par ses ordres. Il punit sévèrement les moindres fautes, et récompense avec libéralité les services qu'on lui rend. Sa valeur soutient et anime celle de toutes ses troupes. Ce serait un roi accompli, si la justice et la bonne foi réglaient sa conduite ; mais il ne craint ni les dieux, ni le reproche de sa conscience. Il compte même pour rien la réputation ; il la regarde comme un vain fantôme qui ne doit arrêter que les esprits faibles. Il ne compte pour un bien solide et réel, que l'avantage de posséder de grandes richesses, d'être craint, et de fouler à ses pieds tout le genre humain. Bientôt son armée paraîtra sur nos terres ; et, si l'union de tant de peuples ne nous met en état de lui résister, toute espérance de liberté nous sera ôtée. C'est l'intérêt d'Idoménée, aussi bien que le nôtre, de s'opposer à ce voisin, qui ne peut souffrir rien de libre dans son voisinage. Si nous étions vaincus, Salente serait menacée du même malheur. Hâtons-nous donc tous ensemble de le prévenir.

Pendant que Nestor parlait ainsi, on s'avançait vers la ville, car Idoménée avait prié tous les rois et tous les principaux chefs d'y entrer pour y passer la nuit.

Table des matières